Alessio Clindenghard Basili

Emopatia.

Prologo

La sua vittima era inerme sullo sgabello legato unicamente da delle cinghie di cuoio. Il sangue continuava a scorrere dalle ferite ma non era sufficiente per lui...

Aveva preparato tutto, tutti gli strumenti in fila per genere e per peculiarità. Si infilò i guanti di lattice con foga, dal suo sguardo si capiva che in quel momento la sua mente era sgombra da ogni più piccolo pensiero; dopo essersi preparato si girò per guardare la totale vulnerabilità della vittima. Fece un respiro profondo e con totale nonchalance prese il bisturi con la mano destra, lo tirò su, guardò fisso la punta e poi incominciò a tagliuzzare pian piano il malcapitato. Erano tutti tagli da due o tre centimetri ma abbastanza profondi da farlo sanguinare copiosamente. Poi, soddisfatto, si fermò e tornò al tavolo dove aveva riposto gli attrezzi, posò il bisturi e prese un gancetto che usò per sollevare i lembi delle ferite e strapparglieli, per crearne dei buchi.

La vittima si svegliò per l'improvviso dolore e cercò di liberarsi dalle catene che lo tenevano prigioniero ma tutti gli sforzi che faceva erano vani. Per evitare che si liberasse il carnefice gli strinse ancora di più le cinghie che lo trattenevano e per provocargli ancora più dolore, cauterizzò ogni ferita con un tizzone ardente. Inutile dire che così facendo la vittima svenne immediatamente, avvantaggiando di nuovo il carnefice.

Dopo aver ripulito la stanza, prese la vittima oramai senza vita e la mise dentro un forno a legna per far sparire ogni eventuale traccia.

Capitolo I

Mi chiamo John Percival Wayne e sono un cittadino di Tainebrooks. Mi sono appena trasferito per ricominciare una nuova vita... Penso che mi faccia bene respirare un po' d'aria fresca. Ho 39 anni, un paio di tatuaggi e i capelli corti ma sempre arruffati. Non ho mai avuto un vero lavoro, mi sono sempre arrangiato come potevo: cameriere, commesso, ragazzo delle pizze... una volta ho persino lavorato in un negozio di tatuaggi. Era fico, ma per colpa del mio carattere mi stanco quasi subito delle novità e passo ad altro; infatti, ora lavoro per un piccolo giornale online come grafico e il mio compito è modificare le foto che mi mandano. È divertente e mi permette di dormire fino a tardi la mattina, cosa che personalmente adoro.

Abito in un piccolo appartamento nel centro della città. Mi ci sento a mio agio perché non è né super lussuoso, come gli appartamenti nei centri delle grandi metropoli, né una catapecchia. Ha tutto ciò che serve: un bagno, un angolo cottura, una camera da pranzo con il divano e il grande televisore che uso come schermo per il mio computer ed infine una camera da letto. A causa della mia pigrizia, il letto è sempre sfatto e il frigo è sempre vuoto a parte alcune bottigliette di acqua frizzante, delle barrette dietetiche e la birra, quella non manca mai.

Eccomi qui, mi sono presentato, ma manca una cosa...

Una sera stavo tornando a casa dopo una piacevole passeggiata per il centro dove, oltre agli innumerevoli negozi, è situato anche un parco nel quale ci si può rilassare guardando il cielo stellato. Nella quiete di quella sera mi accorsi che, nonostante stessi passeggiando da solo e in giro non si vedeva anima viva, dei passi si sovrapponevano ai miei con un rumore simile a degli zoccoli o a dei tacchetti. La cosa mi inquietò parecchio perché sono un tipo abbastanza paranoico, ma poi vidi in lontananza un signore uscire da un ristorante e pensai che il rumore provenisse dalle scarpe indossate da quell'uomo. Di conseguenza, proseguii per la mia strada e non ci feci più caso. Una volta arrivato a casa, però, il ticchettio di quei passi rimbombava ancora nella mia testa come se durante tutta la giornata non avessi fatto altro che ascoltare quel suono. "Forse sono solo stanco" pensai, quindi poggiai il telefono e il portafoglio e come un ragazzo appena tornato da scuola mi buttai sul letto, cadendo immediatamente in un sonno profondo.

Il mattino seguente mi svegliai con un terribile mal di testa e con i vestiti del giorno prima.

<< Sono proprio pigro!>> esclamai, ma in realtà non mi interessava un granché. Accesi il computer per vedere se c'erano mail di lavoro, ma stranamente quel giorno non ce n'era nessuna. Dico stranamente perché era mercoledì e di solito mi arrivavano le foto da lavorare per il giornale. Comunque, buon per me perché più tempo libero significava più tempo da dedicare a sistemare la casa. Alzandomi, vidi vicino al muro che divide la camera da letto dall'angolo cottura un paio di

scarpe nere, eleganti. Non le avevo mai viste prima, dato che non sono proprio il tipo che indossa scarpe di quel genere. Non sapevo come facessero a stare lì e visto che in città mi ci ero appena trasferito e non conoscevo nessuno, non sapevo nemmeno di chi fossero. Dopo essermi avvicinato e averle prese in mano, mi accorsi di una cosa sconcertante: avevano i tacchetti. Un tonfo al cuore mi colpì, incominciai a pensare e a chiedermi se potessero essere le stesse scarpe della sera prima. "Ma di chi sono? E come diavolo hanno fatto ad arrivare fino a qui?" pensai preso alla sprovvista e senza pensarci su presi una busta, ci misi dentro le scarpe e uscii di casa sbattendo la porta.

Mi avviai affannosamente alla ricerca di un cassonetto dove poter buttare quel dannato paio di scarpe. Mentre camminavo tra le file dei vari negozi, ebbi l'impressione che ci fosse qualcosa che non quadrava ma lì per lì non capii esattamente di cosa si trattasse perché la mia mente era altrove. Dopo aver girato l'angolo, trovai un secchio dell'immondizia e con gesti repentini gettai le scarpe con tutta la busta. Un po' più sollevato, rifeci la strada al contrario, cercando di capire cosa fosse sfuggito prima ai miei occhi. Guardandomi intorno non vidi nulla di particolare così, tutto tranquillo, me ne tornai a casa chiudendo la porta a chiave. Serrai finestre e tende in modo da rimanere solo con il mio pc.

In quell'attimo mi sentii osservato, sapevo che non c'era nessuno in casa però avevo una sensazione veramente strana. Forse stavo veramente esagerando con le paranoie, così mi alzai e presi una lattina di birra dal frigorifero per rinfrescarmi le idee. Tornai al computer e rimasi davanti a quello schermo per tre ore a guardare video stupidi su internet, a visitare i miei blog preferiti e ad ascoltare musica. Non avevo ricevuto nemmeno un'email quel giorno e quindi non sapevo come ammazzare il tempo. Presi il telefono per vedere se c'era qualche messaggio ma anche quello era rimasto muto, senza nemmeno un segno che dicesse che mi aveva cercato qualcuno. Non sapendo cos'altro fare e non volendo vedere nemmeno uno spiraglio di luce, con il sole che splendeva come non mai a quell'ora del giorno, mi tolsi i vestiti lasciandoli a terra, mi diressi verso il bagno e andai a farmi una bella doccia fredda. Nel frattempo, mentre ero occupato a risciacquarmi il corpo, sentii in lontananza lo stesso rumore di tacchetti che proveniva dalla strada insieme al suono lontano di una risata, cosa che mi spaventò ancora di più. Uscii dalla doccia, presi l'accappatoio e scesi in strada ma era completamente deserta. Tornai dentro arrabbiato e impaurito allo stesso tempo. "Neanche una doccia in santa pace" pensai, "meglio mettersi a dormire", e anche se era ancora pomeriggio misi un paio di mutande, una maglietta e mi buttai a letto sperando di riuscire a dormire....

Mi ritrovo completamente al buio e non vedo assolutamente nulla; distendo le braccia per capire bene se attorno a me ci sono spigoli, mobili o cose taglienti ma soprattutto... dove mi trovo? In una casa? In un bagno? Dove? Mi alzo e comincio ad avanzare con cautela cercando di capire dove diavolo sono. I primi passi sono facili ma dopo un po' trovo subito un ostacolo: è una piccola sdraio situata alla mia sinistra, ci ho sbattuto il ginocchio..."che male".

Il pavimento a toccarlo è freddo, sembra fatto di marmo, almeno credo... è inquietante qui. Faccio altri passi con la mano in avanti per evitare di inciampare in qualcos'altro. Toccò uno scaffale e poi un altro, sembra una libreria. Prendo la prima cosa che mi capita e trovo una torcia! *"Che culo!"* pensai.... Insieme alla torcia c'è uno zaino. Metto lo zaino in spalla, prendo la torcia e la accendo per vedere meglio. La sua luce illumina degli strani oggetti.... *"Cazzo! Sono strumenti da lavoro questi!"*.

Qui c'è praticamente di tutto: un piccone, una piccola forca, un falcino...*"ma dove diavolo sono? Sembra un film dell'orrore..."*. Mi accorgo che vicino a me c'è una porta e sinceramente ho paura ad aprirla, *"Nah è meglio esplorare un altro po' la stanza, potrei trovare qualcosa di utile"*. Mi giro e alle mie spalle vedo un armadio che prima non avevo notato... *"cazzo non c'è la chiave, non posso aprirlo"*. Mi volto continuando a camminare in questa stanza buia, mi sembra immensa, ma in realtà è molto piccola perché ho inciampato di nuovo contro la sdraio di prima. Ancora piccoli passi, con una mano avanti sempre per prevenzione, tocco e sento qualcosa... è legno almeno credo. C'è una maniglia e ho la stessa sensazione della porta precedente ma *dovrò pure uscire da qui, no? Abbasso la maniglia ma la porta non si apre... Idea! Torno indietro a prendere il piccone con il quale dovrei riuscire ad aprirla. Un colpo, due colpi... andata, la porta si è aperta ed è notte. Davanti a me vedo solo una specie di bosco e decido di proseguire, sperando di trovare un telefono o una stazione di servizio. Almeno qui fuori c'è aria fresca, là dentro si sentiva puzza di muffa... "spero solo di non incontrare animali qui".*

Camminando per un viottolo mi accorgo che questa non è una semplice strada di campagna; è ben curata e forse porta a un centro abitato. Cammino veloce ma cerco anche di non far rumore per non svegliare o far sentire la mia presenza a qualche animale, "mio Dio speriamo bene...". Sul ciglio della strada trovo delle canne di bambù rotte che non facevano parte della vegetazione circostante. "Forse sono state lasciate qui da qualcuno, meglio non indagare però". Continuo a camminare sperando di trovare un'uscita da questa trappola naturale. Dopo un'ultima curva davanti a me vedo una grande grotta ricoperta naturalmente dalla flora, ma aspetta..."cos'è quello?". Mi avvicino di più verso la grotta, allontanandomi dal tragitto e vedo qualcosa ma non è ben definita nell'oscurità della notte.

All'improvviso compaiono due occhi molto luminosi che mi stanno fissando e sento un potentissimo urlo straziante che mi dava fastidio sia alle orecchie che al cervello. Per lo spavento urlo di colpo anch'io e scappo di corsa lungo quel viottolo che mi ero lasciato dietro. A contrastare la mia corsa c'era di tutto: sassi, rami incolti e spine.... Finalmente vedo l'uscita. Corro fino a rimanere quasi senza fiato, ma la sento ancora, è sul mio collo, non stacca mai il suo sguardo da me, la sento come volesse mangiarmi vivo, bere il mio sangue....

Mentre corro, penso di essere veramente spacciato, mancano gli ultimi metri... sento ancora un altro urlo e un dolore fulmineo mi attraversa il collo. Mi tocco e sento sotto le dita un graffio che pian piano diventa sempre più profondo. Il fastidio che provo è immenso, faccio un salto per uscire subito da quel viottolo e... tutto sparisce all'improvviso. "Co...come può essere? Cos'è successo?". Mi guardo indietro e non vedo nulla di anormale, né occhi luminosi che mi guardano, né urli, né rumori sospetti.... "Sarà stata la suggestione dell'essere solo in un posto desolato?". No non può essere... era tutto reale, il sudore, le urla, il dolore..."il dolore!". Passo la mano sulla parte sinistra del collo per sentire se quel che provavo *prima era tutto vero... mi tocco ma non sento nulla, nessuna protuberanza, nessun graffio, niente solo un leggero formicolio che va via via sparendo...*

Mi risvegliai tutto sudato, con il cuore a mille e con il fiatone. Cominciai a tranquillizzarmi quando presi coscienza che ero nella mia stanza e nel mio letto. Mi toccai subito il collo per vedere se c'erano graffi o cose simili e fortunatamente non c'era nulla. L'unica cosa che era rimasta di quell'incubo era il formicolio che però pian piano andava diminuendo. Dopo essermi completamente calmato mi alzai dal letto, guardai l'ora e notai che erano le sei di mattina. "Cavoli, ho dormito per quindici ore... Come ho fatto a dormire così tanto?". Non ci potevo credere ma ormai quel che era fatto era fatto e quindi la prima cosa che feci fu andare ad accendere il mio pc e guardare la mail per il lavoro. Questa volta c'erano ben due email, c'era molto da fare e mi misi subito al lavoro senza gironzolare per casa perdendo tempo. Passarono tre ore e una volta finito il lavoro, lo inviai al giornale così che il mio compito per quella settimana era concluso.

Erano le nove di mattina e visto che era una bella giornata, non troppo afosa, decisi di andare a fare un po' di jogging al parco qui vicino. Mentre correvo, riflettei su tutto quello che in questi giorni mi era successo e pensai che non fosse normale una cosa del genere ma che in fin dei conti non era successo nulla di brutto e soprattutto nulla di reale, anche se speravo vivamente che una cosa del genere non si ripetesse mai più. Angoscia a parte, era una bella giornata: non faceva troppo caldo, c'era un po' di venticello che rinfrescava e poca gente che aveva deciso di passeggiare lì intorno, il che mi rallegrava perché non c'era molto baccano né soprattutto quei fastidiosi ragazzini che urlano e corrono a destra e a sinistra.

La mattinata era finita, così decisi di tornarmene a casa tranquillamente con un passo lento per godermi tutta l'atmosfera di quel giorno. Ad un certo punto, cominciai a sentirmi osservato, non so il perché... mi guardai attorno e non vidi nessuno a parte le persone che camminavano per i fatti loro. Alla mia sinistra c'era una fila di alberi, cespugli e foglie che davano l'idea di un piccolo boschetto, una caratteristica tipica delle piccole città, ma non ero a mio agio perché avevo la spiacevole sensazione che qualcuno mi seguisse. Tornato a casa tutto sudato, la prima cosa che feci fu spogliarmi e fare una bella doccia bollente. La passeggiata mi aveva molto rilassato e quindi sotto la doccia me la presi comoda, anzi molto comoda. Uscito di lì presi l'accappatoio con l'asciugamano e dopo averli indossati incominciai a sentire di nuovo il dolore sul collo. "Mi sarò graffiato accidentalmente" pensai, invece no, il dolore c'era ma non c'era traccia di nessuna lesione. Improvvisamente un'anta dell'angolo cottura che era semi chiusa, sbatté così forte da rompersi e cadere a terra. In quel momento ero paralizzato, pensavo che mi fossero entrati i ladri in casa e realizzai che io oltre ad essere nudo ero anche disarmato. Mi avvicinai lentamente alla porta del bagno e, chinandomi, cercai di vedere dal buco della serratura cosa fosse andato storto, ma in realtà non riuscii a vedere nulla. Aprii la porta piano piano senza far rumore, nel tentativo di vedere meglio, ma l'unica cosa che vidi era l'anta del mobile ormai rotta. Mi chiesi come diavolo avesse fatto a staccarsi e soprattutto chi avrebbe potuto mai darle una botta così forte da far rimanere il segno. Un forte mal di testa mi colpì all'improvviso, tanto da farmi accasciare a terra, ma non durò molto e quando il dolore sparì, nello specchio della camera da letto vidi un uomo: era praticamente uguale a me solo con i capelli lunghi. In quell'attimo diventai bianco pallido come un panno lavato, ma quella visione sparì velocemente, così come era apparsa. Poco dopo pensai che fosse stata solo un'allucinazione e che dovevo darci un taglio con tutte queste paranoie che alla fine mi facevano solo star male. Presi un medicinale per il mal di testa ma subito dopo averlo preso sentii un freddo pungente, non capivo cos'era così mi girai e mi ritrovai l'uomo della visione di fronte. Mi prese un colpo, caddi a terra con la schiena attaccata al divisorio della cucina. Ero senza fiato e lui con molta calma e un sorriso che mi fece gelare il sangue disse:

<< Passato il mal di testa?>>

Come ho detto era alto come me, con i capelli più lunghi, ma la cosa che mi fece davvero rivoltare l'anima fu che mi accorsi che aveva la mia stessa faccia anche se sembrava che portasse una maschera.

<< Se te lo stai chiedendo, no io non ho una maschera, sono proprio te!>>, disse come se mi avesse appena letto nel pensiero e il suo sorriso divenne profondo come l'inferno.

Dopo questa scena da film horror sospirò, mi voltò le spalle e con un movimento atletico e repentino si mise seduto sul divano con le gambe incrociate chiedendomi:

<< Allora, ti alzi o devo aiutarti io?>>

Io a malapena lo sentii, ma dovetti farlo. Anche se mi assomigliava come una goccia d'acqua era impossibile che lui fosse uguale a me e quindi dovevo chiamare la polizia. Mi alzai e con voce tremolante chiesi:

<< Chi cazzo sei tu?>>

<< Ancora te lo chiedi?>> rispose.

<< È impossibile che tu sia me! Quindi dimmi chi sei e cosa ci fai qui oppure chiamo la polizia!>>

<< Chiama, chiama chi ti pare. Non mi vedranno comunque perché solo tu puoi vedermi e in più se li chiamerai probabilmente ti rinchiuderanno in un manicomio o in una cella!>> il suo sorriso divenne ancora più ampio mentre pronunciava queste parole.

<< Per quale motivo dovrebbero chiudermi in cella? Non ho fatto nulla io!>>

<< A no? Vedremo...>>.

Dopo quell'ultima parola il suo corpo sparì, l'unica cosa che rimase più a lungo era la sua faccia con il suo sorriso profondo. Rimasi impaurito, sbalordito, incredulo e tante altre cose miste a paura per un bel paio d'ore e, ovviamente, mi chiedevo continuamente se avrei dovuto chiamare o meno le forze dell'ordine.

Capitolo II

Il giorno seguente ero ancora turbato per l'accaduto ma, visto che era una bella giornata decisi di andarmene con la macchina fuori città verso la montagna. Arrivato lì trovai un parcheggio vuoto fatto di divisori di legno e di erba non troppo curata, ma comunque decisamente bassa. Non c'era né una cabina informazioni né una pineta dove fermarsi, niente, solo una stradina che portava verso una fitta foresta più avanti. Mi incamminai per quella stradina ed era magnifica perché ogni suono della natura si sentiva appieno e qualsiasi rumore della città in quel luogo era nullo. Era una gioia per me sentire il vento tra le foglie, il cinguettio degli uccelli e il chiassoso ma piacevole suono delle cicale. Dopo essermi ritemprato a contatto con la natura, decisi di tornarmene a casa visto che il giorno dopo sarebbe stato pieno di impegni e quindi non volevo affaticarmi troppo.

Tornando indietro notai tra gli alberi e i cespugli dei movimenti assai insoliti e visto che si trattava di una foresta molto fitta, il mio pensiero fu subito che qualche animale stesse dando la caccia a qualcosa. Ad un certo punto una fitta di dolore mi colpì al centro della testa così forte che mi fece inginocchiare subito e in quel momento urlai, urlai tantissimo e sentii come se la mia testa dovesse aprirsi da un momento all'altro. Ad un certo punto sentii una voce nella mia testa... "Ricordi!!??... Ricordi?????... Ricordi!!!!!". A quel punto urlai ancora più forte, mi accasciai a terra e svenni.

"Ricordi... Ricordi? Ti ricordi quello che facesti in quella primavera? Eri così pieno di te che non ti fermavi e lo colpisti tante di quelle volte che oramai non reagiva più..." mi disse la mia copia mascherata. Intanto quelle immagini mi ricoprivano la mente: quel ragazzo che mi dava fastidio, in quel momento sentii come se non avessi nulla da perdere e mi feci avanti colpendolo con un tubo di ferro. Lo colpii in faccia a pugni chiusi... Ero sopra di lui, cercava di reagire ma non c'era modo di fermarmi. Le persone mi avevano visto sempre con un carattere calmo,

quasi come se fossi apatico, in quel momento invece ero un ammasso di rabbia e repressione. La sua faccia era una maschera di sangue, probabilmente anche con qualche osso rotto, ma continuava a muovere le mani nella speranza di fermarmi. Non ci riuscì e io continuai a colpirlo finché non perse i sensi. Un pugno dritto in gola, un fiotto di sangue dalla sua bocca, il respiro cessò..."

Mi risvegliai dopo quel ricordo del mio passato che pensavo di aver eliminato dalla mia mente e l'unica cosa che volevo era tornare a casa, visto che il sole era calato e la notte era giunta ed era molto buio. Così mi incamminai e tornai al parcheggio dove avevo lasciato la macchina e mi avviai verso casa. Nel frattempo cominciai a pensare come tutto ciò poteva essermi tornato in mente visto che era successo molto tempo fa e soprattutto adesso che avevo deciso, di cambiar vita, città e ricominciare da zero? Come era possibile? Neanche il tempo di finire ciò a cui stavo pensando che ero già arrivato a casa mia, parcheggiai, presi le chiavi e mi diressi verso il portone dove c'era un piccolo bigliettino con su scritto: "Se i ricordi non saranno i tuoi occhi, ben presto soffrirai... Firmato: J.P.W."

Non pensai molto a quello che c'era scritto ma a come era scritto, perché quello non era inchiostro ma sangue e soprattutto la scrittura era identica alla mia! Non ci potevo credere e non volevo crederci... Così lo accartocciai e lo buttai in un cestino della spazzatura piazzato lì. Appena il pezzo di carta entrò nel cestino, questo prese fuoco... non credevo ai miei occhi. Rimasi imbambolato a guardare il cestino che bruciava e tra le fiamme rividi il tizio che portava la maschera della mia faccia. In quel momento con uno scatto presi le chiavi, aprii il portone e mi chiusi in casa piangendo e sdraiandomi dietro la porta sperando che nessuno potesse aprirla dal di fuori e mi addormentai in lacrime.

Ricordi... Ricordi??... Ricordi??? Lui era quello che ti dava sempre fastidio: faccia da schiaffi, taglio di capelli ridicolo, vestito ancor più ridicolo, ma alla fine eravate solo ragazzini. Ricordi? Tu studiasti per una notte intera i punti deboli del corpo umano, come indebolirlo e farlo soffrire al meglio e il giorno dopo nessuno riuscì a trovare più quel ragazzo perché lo avevi rapito e nascosto dentro una vecchia cantina abbandonata... ahahah ricordi? Lo avevi spogliato completamente nudo e legato al muro come se il muro fosse uno strumento di tortura e piano piano prendesti il coltello da taschino e lo incominciasti a tagliuzzare in mezzo alle dita delle mani. Gli facesti sentire la punta del coltello muovendola sulle sue braccia, poi gliela strusciasti sul collo per finire sulla giugulare dove gli facesti un piccolo taglio ma abbastanza profondo per farlo iniziare a sanguinare... Ricordi? Ricordi com'era e come si faceva tanto forte davanti agli altri a differenza di come ti pregava in lacrime di smettere in quel momento? Ma tu non avesti la clemenza di fermarti, no! Perché gli facesti una grande X sul petto con un grande sorriso e la voglia di vendetta nei tuoi occhi. Non ti fermasti perché sapevi che quei tagli non l'avrebbero ucciso, così ti soffermasti sulla zona dell'interno coscia e lì facesti un bel taglio profondo in modo da fargli uscire un bel po' di sangue e poi ripetesti l'azione sull'altra gamba. Finito il lavoro ti mettesti seduto a fumare una sigaretta mentre guardavi lui tutto nudo mentre piangeva, si lagnava e si dissanguava... Ricordi? Ricordi? Ricordi??

Mi risvegliai dopo un po' inorridito dal sogno che feci perché alla fine era tutto vero, solo che lo avevo lasciato nel dimenticatoio... Quanto avevo desiderato quel sangue, quel sapore di vendetta, era come se Dio mi avesse fatto diventare re del mondo, eppure non venni mai incriminato per quegli omicidi... L'importante ora è aver cambiato vita e fortunatamente di quei pezzi di merda che conobbi in passato non ne ho più sentito parlare.

Dato che non era proprio un buon periodo per me, decisi di prendermi delle ferie, però proprio nei miei giorni di pausa decise di piovere. Per carità, amo la pioggia ma solo quando sto dentro casa o devo fare un lungo viaggio in treno o magari di notte in macchina, in quei casi sì che mi piace assaporare il tempo di pioggia, ma non quando devo uscire. In quelle sere avevo deciso di tornare in quel parco dove ebbi la visione e quindi mi preparai per bene e più i giorni passavano più ripensavo a quell'incontro con quel misterioso 'me' dell'altro giorno chiedendomi come facesse a sapere cose così intime pur non avendolo mai visto. Eppure quei ricordi non tornavano a tormentarmi da parecchi anni quindi perché proprio ora? Perché proprio dopo che quell'essere si era fatto vivo? Se fosse stato vero voleva dire che lui era veramente me e che io ero veramente lui, ma ciò nel mondo reale è impossibile quindi quale sarà la verità?

Dopo tante domande e un'ora e mezza di strade di campagna in moto sotto la pioggia, ritornai al parcheggio vuoto con i divisori in legno ma questa volta c'era una cosa che mi saltò all'occhio: non c'era erba sul terreno. Era secco, arido, come se non ci crescesse nulla da molti anni. Questo particolare mi colpì, come la pioggia che smise subito dopo che arrivai lì. Mi slacciai il casco, misi le chiavi in tasca e cominciai a percorrere la stradina dell'altra volta, avvertendo sempre le solite sensazioni: si sentivano i suoni della natura, il piacevole silenzio che ti tiene al sicuro dal caos della città e tutte quelle sensazioni che solo un paesaggio di montagna può darti. Ad un certo punto, mentre camminavo, ebbi una strana percezione, come del calore che prendeva possesso del mio corpo, una cosa mai successa. All'inizio pensai che avevo camminato troppo ma il mio sesto senso mi costringeva ad andare avanti; non riuscii ad oppormi e così mi feci trascinare fino a una stradina che non avevo mai vista prima.

Arrivai in una casetta di campagna che era completamente fatta di legno. Eppure era strano perché finora avevo camminato in una stradina di montagna dove l'erba era talmente alta da arrivarmi alle ginocchia e ora questa casa spuntava dal nulla, con un prato così curato da sembrare l'erba sintetica che usano nei campi da football. L'incredibile sensazione che mi pervadeva il corpo mi lasciò una volta arrivato lì e a quel punto non mi rimaneva altro da fare che entrare dentro la casa e vedere se ci abitasse qualcuno. Mi avvicinai sul ciglio della porta e bussai... bussai una seconda volta, e poi una terza. Al quarto tentativo la porta si aprì e entrai ma subito dopo sentii un'onda d'urto che mi fece schiantare contro il muro della casetta di legno. Sbattei la faccia contro di esso e in un batter d'occhio iniziai a sanguinare dalle gengive e dal naso. Cercai di rialzarmi ma in quel momento mi tremavano troppo le gambe, quindi mi girai per sedermi sul pavimento e la porta subito dopo sbatté forte e si richiuse a chiave. Ero spaventato, non riuscivo a capire cosa mi stesse succedendo... cercai di farmi coraggio e smettere di tremare mentre focalizzavo la situazione. La casa in fondo non era grandissima, anzi. Nel mezzo c'era un tavolo, alla mia sinistra un camino e alla mia destra un letto e oltre alla porta che si era chiusa davanti a me, vicino al camino, vi era un'altra porta. Strinsi i denti più che potei e mi alzai nonostante i dolori che avevo dopo quella botta assurda. Appena mi misi in piedi, dalla porta che era vicino al camino cominciai a sentire dei suoni metallici che sembravano appartenere a degli ingranaggi. Mi diressi verso la porta, la aprii pian piano per non fare rumore e mi trovai davanti una rampa di scale che portava ad un'altra stanza che era fortemente illuminata. Urlai:

<< C'è nessuno? È permesso?>>

Nessuno rispose, così mi feci ancora più coraggio e scesi quella rampa per capire cos'era quella luce e soprattutto quel fastidiosissimo rumore metallico. Mi ritrovai nel mezzo di quella stanza dove c'era un altro camino fatto di metallo con una griglia in ferro battuto davanti per far riscaldare la stanza. Subito dopo mi voltai verso il punto da dove proveniva quel frastuono e quasi mi venne un colpo. Rividi quell'essere che aveva le mie sembianze che mi sorrideva con occhi puntati e sgranati verso di me e io per lo spavento cercai di indietreggiare, ma finii con le spalle al muro e intanto capii perché si sentiva quel rumore. Quell'essere sembrava indossare una sorta di camicia di forza in pelle, dove le cinture per tenerlo erano artigli di ferro che si muovevano e lo accoltellavano, ma lui sembrava che non sentisse nulla. Rimase lì davanti a guardarmi mentre quegli artigli lo colpivano continuamente... il suono di quei 'cosi' che si infilavano nella carne e gli schizzi di sangue che macchiavano il pavimento, muro e me... era una scena da incubo tant'è che iniziai a urlare per quanto ero sconvolto. Lui aprì bocca e mi urlò:

<< Lo senti questo rumore? Lo senti? Soffrirai così quando sarà arrivata la tua ora!

Non pensare ci sia una scappatoia, tu soffrirai!
>>

Ero sconvolto, urlai, urlai come un pazzo e subito dopo mi sentii mancare... caddi a terra come un sacco di patate e chiusi gli occhi piano piano e fino a che non li avevo chiusi del tutto, continuai a vedere quell'orrenda scena.

Capitolo III

"Stavo facendo un bel bagno, in quel momento le luci erano spente in tutta la casa, anche in bagno dove ero. La cosa strana è che io in casa non ho una vasca da bagno, bensì un box doccia e questa vasca sembra quella che avevo nel mio appartamento precedente... e quando faccio il bagno non tengo mai la luce spenta come adesso ma la accendo a differenza del box doccia perché in quel caso mi piace proprio spengere tutte le luci della casa. Di fuori si sente ancora il rimbombo dei tuoni durante la pioggia, è un bel giorno per starsene a casa e rilassarsi dentro una bella vasca da bagno con acqua calda. Ad un certo punto la maniglia del bagno cade, mi giro di scatto verso di essa "accidenti, mi tocca aggiustarla di nuovo", ma non era l'unico problema, perché le acque della mia vecchia vasca da bagno diventarono color sangue e l'acqua iniziò a sgorgare di fuori come se ci fosse un emorragia in atto. Una forza incredibile mi spinse giù, dentro quell'acqua sporca, cercai di tornare a galla con tutte le mie forze *ma era come se qualcuno mi tenesse la testa dal difuori. Mi attaccavo al bordo vasca e spingevo, spingevo, mi facevo forza ma non c'era niente da fare non riuscii a tornare a galla e piano piano incominciai ad affogare in quell'acqua color sangue..."*

Mi risvegliai a casa mia sul tappeto del mio salotto tutto sudato e impaurito dal terribile sogno che avevo appena fatto. La prima cosa dove posai lo sguardo fu il bagno, la porta e il mio bellissimo e normalissimo box doccia. Non ne potevo più di questa lunga situazione di stress e quindi decisi che era il momento di andare da uno strizzacervelli o comunque una cosa simile per risolvere al più presto la questione. Mi alzai e andai subito in bagno a farmi una bella doccia per poi uscire. Mi spogliai, buttai i vestiti fradici di sudore nel cesto dei panni sporchi e entrai nel box doccia irritato dalla situazione, ma purtroppo non era finita li. La porta del bagno sbatté tanto forte da far cadere la maniglia, la chiave si girò e anche la porta del box doccia si sigillò. Ero nel panico, incominciai a dare forti spallate ma niente da fare. La doccia cominciò a riempirsi di quell'acqua color sangue tanto da far arrivare il livello al di sopra della mia testa, così che misi tutta la forza che avevo nello sfondare quella maledetta porta. Alla fine quando la resistenza del mio corpo mi stava abbandonando la porta del box si ruppe, facendomi finire addosso alla porta del bagno e con un bel taglio sulla spalla destra e l'acqua dal color sangue ridivenne trasparente e la porta finalmente si aprì. Mi rialzai a fatica cercando di tamponare il taglio con l'asciugamano e nel frattempo qualcuno bussò alla porta. Non risposi perché ero evidentemente occupato, ma a quanto pare era parecchio insistente e quindi continuava a bussare. Rassegnato all'idea non poter riposare da ciò che era appena accaduto mi misi un accappatoio, legai per bene l'asciugamano alla mia spalla e andai ad aprire con aria irritata:

<< Chiunque tu sia, non è il momento!!>>

Non mi ero accorto che era un pubblico ufficiale, che dopo la mia frase mi guardò in modo superficiale.

<< Senta, posso entrare? Dobbiamo fare degli accertamenti.>>

<< Sì, prego. Entri>>

<< Quindi lei è il Signor... John Percival Wayne?>>

<< Sì sono io, mi dica>>

<< Bene ecco, siamo venuti ad informarla di smetterla con rumori e schiamazzi anche nelle ore notturne, specialmente in quelle notturne>>

<< Rumori e schiamazzi? Ma di cosa sta parlando agente?>>

<< Ci hanno chiamato dagli appartamenti vicini e in molti si sono lamentati che dal suo appartamento provengono urla, schiamazzi e rumori forti, quindi signor Wayne, la pregherei di smetterla perché altrimenti dovremmo intervenire noi. Mi sono spiegato?>>

<< Perfettamente agente>>

<< Bene, spero che per il suo bene che...>>

Ad un tratto il suo sguardo si fermò verso il bagno, notando sia l'acqua sia il sangue che avevo perso a causa del taglio.

<< Signor Wayne, ma cosa è successo qua dentro?>>

<< Ah... ehm nulla agente, si era solo rotta la porta del box doccia e siccome non riuscivo ad uscire ho dovuto romperla e questo è il risultato>>

Gli mostrai la ferita ancora sanguinante.

<< È una brutta ferita signor Wayne, si riguardi. Spero di non rivederla più per questioni di schiamazzi o altro. Buona giornata!>>

<< Arrivederci agente>>

Chiusa la porta tirai un sospiro di sollievo, "ci mancava solo la polizia oggi!". Per fortuna l'acqua era tornata normale prima ancora che bussassero ma avevo l'asciugamano zuppo del mio sangue che fortunatamente si era fermato, così potei lavare, disinfettare e infine curare la ferita. Ci volle un bel cerotto di quelli grandi e lunghi, fortunatamente ne avevo un paio per ogni evenienza, non si sa mai. Sistemato il disordine della casa andai al centro commerciale a fare compere, sia per trovare pezzi di ricambio per porta e box doccia sia per altro e dato che mi faceva male il braccio decisi di non andarci con la moto ma con la macchina. Certo non era un gran che come macchina ma aveva il suo bel bagagliaio e quindi non avevo problemi di spazio. Arrivato al supermercato, nel parcheggio c'ero solo io il che era abbastanza inquietante visto che pioveva, ma non ci badai più di tanto perché la porta e il box doccia dovevano essere riparate e quindi presi l'ascensore e, salendo, andai verso il supermercato. Quando entrai vidi una cosa stranissima: il supermercato era aperto ma c'era un solo dipendente alla cassa: era un uomo sui 35 anni, media statura, capelli corti castani, che stava contando i soldi col capo chinato. Sentendomi entrare si girò verso di me e facendomi un sorriso mi disse:

<< Buongiorno signore, prenda tutto ciò che desidera, sarò solo io oggi a servirla perché sono tutti in vacanza>>

Smise di sorridere e ritornò a contare i soldi della cassa. Io intanto mi avviai nel settore ferramenta per cercare gli oggetti per la porta, presi tutto ciò che mi poteva servire, poi andai nel settore arredamento per il box ma trovai un cartellino con su scritto: "chiedere al personale". Non mi andava di tornare e chiedere a quell'individuo, era assai inquietante ma comunque le regole vanno rispettate e quindi tornai nella zona delle casse ma l'individuo non c'era. Questa situazione mi stava dando i brividi, così tornai indietro per fare da solo. Incominciai a guardare i vari modelli per capire quali potessero andar bene per il mio piccolo bagno e ovviamente a toccarli per sentire di cosa erano fatti, se di vetro o di plastica. Appena provai a toccare, l'uomo delle casse spuntò dietro di me:

<< Non ha visto il cartello signore?>>

Mi fece prendere un colpo, ma dovetti comunque rispondere in modo pacato.

<< Certo che l'ho visto, sono venuto a cercarla ma lei alle casse non c'era>>

<< Be' mi pare ovvio, non faccio solo quello essendo un semplice impiegato. La prossima volta rispetti le regole signore>>

Il tizio mi sembrava piuttosto seccato, forse anche troppo per non aver rispettato un cartellino. Ad un certo punto cominciò a sentirsi male, a tremare, si abbracciò come se sentisse freddo ma smise poco dopo ed iniziò a farfugliare qualcosa.

<< Lei... signore... non... rispetta...>>

Ancora più infastidito da quella situazione mi avvicinai al tizio per chiedere se stava bene ma appena provai ad avvicinarmi a lui per accertarmene si girò e nel suo volto rividi quello di chi in questi giorni mi stava facendo accapponare la pelle. Il primo impulso che ebbi fu quello di scappare da lui, ma me lo impedì perché il bastardo mi aveva afferrato il braccio e guardandomi negli occhi mi urlò:

<< Tu... Non... Rispetti... Le... Regole!!! >>

In quel momento rimasi come attonito dal suo sguardo ma mi ripresi e gli sferrai un calcio in piena faccia, lui mi lasciò e io iniziai a correre. Quell'essere mi rincorreva come se non sentisse la fatica e ad un certo punto inciampai e lui mi saltò addosso iniziando a graffiarmi sulla faccia, strappandomi i vestiti e incominciò a darmi anche dei pugni. Cercai invano di reagire, stavo sotto di lui a farmi graffiare e prendere a pugni e mentre quel bastardo lo faceva, rideva e urlava. Si alzò lasciandomi a terra senza forze e andò a prendere un coltello da cucina che era esposto poco più dietro. Si riavvicinò, si rimise sopra di me, strappò i bottoni della camicia che indossavo e incominciò a tagliuzzarmi e a farmi ferite in tutta la parte superiore del corpo, ma si concentrò specialmente sul braccio ferito e infine mi accoltellò in pieno petto.

Di botto mi risvegliai per terra in un lago di sangue con la ferita che oramai si era coagulata. Un po' intontito e indolenzito mi alzai e cercai di capire che diavolo era successo. Perché un momento prima stavo al supermercato e ora ero di nuovo nel salotto di casa mia intontito e per di più sopra una pozza con il mio stesso sangue? Ovviamente il perché del sangue lo sapevo, ma la mia mente mi stava veramente giocando dei brutti scherzi. Comunque senza pensarci troppo sistemai il macello dentro casa, sistemai la ferita e poi andai al supermercato per cercare di aggiustare quella dannata porta e il box doccia una volta per tutte. Stavolta la situazione era differente, era normale finalmente: macchine parcheggiate, persone che vanno e vengono e soprattutto non c'era quello strano individuo. Appena entrato, visto che la situazione era sotto controllo, decisi che dopo avrei fatto anche un po' di spesa. Presi quello che serviva sia per box doccia che per la porta, portai tutto in macchina sistemandoli per bene e poi tornai indietro per fare un po' di spesa. Ad un certo punto, tra gli scaffali dove c'erano utensili per la cucina, vidi l'individuo del sogno. Sentii subito un tonfo al cuore e cercai di superarlo il più piano e silenziosamente possibile, ma alla fine mi vide e impaurito rimasi immobile fino a che lui iniziò a parlare.

<< Buongiorno signore! Le serve aiuto?>>

<< No grazie, sto solo guardando> >

Inizio a sudare…

<< Ma… signore sta bene? Vuole per caso sedersi e bere un bicchiere d'acqua? Sembra piuttosto provato, cosa le è successo?>>

"Ma che vuole questo qui?" pensai.

<< No non si preoccupi, grazie>>

Ad un tratto vidi per terra lo stesso casino che c'era nel sogno, compreso qualche coltello che quell'impiegato stava mettendo a posto, così mi voltai verso di lui e gli chiesi:

<< Mi scusi…>>

<< Sì dica, le serve qualcosa?>>

<< Ma cosa è successo qua? Pare che sia passato un terremoto>>

<< No non si preoccupi. C'è stato un cliente poco fa che ha iniziato a fare disordine urlando, ha buttato un paio di posate e barattoli per terra, ma fortunatamente la sicurezza l'ha preso e l'ha sbattuto fuori>>

<< Ah be', grazie dell'informazione.>>

<< Si figuri.>>

Presi velocemente ciò che mi serviva e me ne andai da quel posto, non volevo rimanerci un minuto di più. Scesi giù nel parcheggio e andai di corsa verso la mia macchina. In lontananza rividi il tizio che mi assomigliava, che mi salutava e sorrideva sempre con quel ghigno e tentennai nel ritornare subito alla macchina. Infatti presi a indietreggiare, ma finii con lo scontrarmi con delle altre persone.

<< Stia attento!!!>>

<< Mi scusi…>>

Diavolo, non ci stavo più con la testa. Alla fine mi girai di nuovo verso la macchina e non c'era nessuno così proseguii senza fermarmi. Il tragitto in macchina fu piuttosto tranquillo, parcheggiai fortunatamente davanti casa e vicino la mia moto, entrai in casa e rimase tutto come lo avevo lasciato ed in un paio d'ore il box doccia con la porta furono aggiustati. Finito di sistemare anche l'appartamento, mi misi sul letto a riposare, a cercare di svagare la mente. Avevo un po' paura di chiudere gli occhi visto i precedenti ma alla fine la stanchezza ebbe la meglio e mi addormentai.

"Mi ritrovai in un corridoio più o meno buio, le pareti erano fatte di legno e alla mia destra c'era un'enorme quadro che ritraeva una donna con i capelli rossi, vicino ad un camino. Mi accorsi di essere vestito con un completo in giacca e cravatta, con i capelli completamente pieni di brillantina. Il posto non era male sembrava una di quelle case di persone ricche anni venti. Percorsi tutto il corridoio e mi ritrovai nella stessa stanza della signora sul quadro: camino acceso, tappeto identico, solo due cose erano differenti tra essi: il quadro non aveva una specie di semi-corridoio con una porta vicino al camino invece qui c'era una porta a destra del camino e poi... nel quadro non c'erano posti a sedere, invece qui sì... due divani uno a destra e uno a sinistra... mi chiedo come mai il quadro fosse così

impreciso... in fondo era un autoritratto... mah, meglio non starci a pensare. Al piano di sopra si sentiva una musica di pianoforte, molto delicata, credo fosse una "ballad" o una "ninnananna" per il suo ritmo, quindi tutto incuriosito presi la rampa di scale che stava a sinistra vicino al camino e incominciai a salire. Alla fine trovai una porta e la aprii, un altro semi-corridoio stretto e infine vidi il pianoforte nero che veniva sapientemente suonato dalla stessa donna del quadro... stessi capelli e vestiti tra l'altro. La signora, senza voltarsi, mi disse:

<< Siediti mio caro>>, io mi sedetti sul divanetto che stava alle spalle della signora...

<< Allora... ti piace la musica che sto suonando? >>

<< Sì, molto... ma lei chi è? Se posso.>>

Nel frattempo che parlavo con lei, sentii un peso su entrambi i fianchi, mi ritrovai una pistola e un coltello ben messi nelle loro fondine. Non avevo idea di come fossero potute finire sui miei fianchi ma da una parte ero molto più tranquillo sapendo che avrei potuto difendermi se ce ne fosse stata la necessità e quindi continuai la conversazione come se nulla fosse.

<< Non è importante chi sono io ma chi sei tu... o per esser più precisi chi sei stato! Vero signor Wayne???>>

La signora, mentre pronunciò questa domanda, si girò verso di me e mi guardò con uno sguardo compiaciuto. Ad un certo punto si alzò e il suo volto incominciò a cambiare ed in un attimo capii subito chi era! Senza pensarci un secondo presi il coltello e glielo piantai in mezzo al petto con tutta la forza che avevo.   Avevo ammazzato quel mostro... ero incredulo... ero stato più veloce di lui... Lasciai cadere a terra quel corpo senza vita e in quel momento mi sentii sollevato perché pensavo e in gran parte speravo che tutto fosse finito, quindi mi diressi nel piano sottostante per andarmene da quell'appartamento. Ma avvicinandomi alla porta sentii al piano di sotto delle voci, forse c'era un ricevimento. E se scoprono il corpo? Meglio scendere con disinvoltura e lasciare qui le armi. Fatto ciò scesi come se nulla fosse accaduto e la situazione che c'era ora era completamente differente! C'erano persone che discutono e bevevano champagne vestite di tutto punto, c'era persino un cameriere che serviva i bicchieri. Mi rasserenai e mi mischiai tra la folla, il cameriere mi offrì una coppa di champagne la presi e lo ringraziai, non la bevvi subito, ero piuttosto curioso dell'ambiente che c'era qui; non che fosse qualcosa di speciale ma in qualche modo mi rasserenava, quindi presi la mia coppa di champagne e ne bevvi un sorso tanto per gradirlo e appena lo bevvi sentii il sapore del sangue... lo sputai immediatamente colpendo ahimè la stessa donna del quadro...

"Ancora!?" pensai.

<< Guarda che hai combinato! Non ti rendi conto della gravità della cosa!? Ora tu pagherai!>>

Tutti i presenti si voltarono verso di me lasciando cadere lo champagne che avevano in mano e fissandomi mi urlarono:

<< Tu pagherai!>>

Senza rendermene conto mi trovai in mezzo alla stanza accerchiato da tante persone con il mio volto che tirarono fuori i coltelli e incominciarono a colpirmi in tutti i punti del mio corpo continuando ad urlarmi che in qualche modo dovevo pagare per qualcosa; il dolore era insopportabile e più mi colpivano, tanto più sangue da me usciva. Una persona normale sarebbe morta dopo due minuti, io no: continuai a soffrire e a pagare quel prezzo che solo questa persona uguale a me sapeva. Ad un certo punto la porta a destra vicino al caminetto si aprì di colpo e una luce bianca usciva da essa:

<< Sbrigati!>> si sentì...

Io con tutte le forze che avevo allungai un braccio verso di essa ed in un secondo vidi tutto bianco..."

Capitolo IV

Mi risvegliai il giorno dopo nel mio letto tutto sudato e il letto era un totale disastro, la ferita stava incominciando a guarire e io tirai un sospiro di sollievo visto che quel maledettissimo sogno non era la realtà, ma alla fine avrei anche dovuto aspettarmelo visto come stanno andando le cose nella mia vita. Così presi una decisione, purtroppo non calcolando le responsabilità che ne venivano e cioè andare in questura e richiedere il porto d'armi. Mi misi il cappotto e andai a piedi fino in questura, dove guarda caso rincontrai il poliziotto dell'altro giorno che stava sistemando delle scartoffie. Quando alzò lo sguardo e mi vide, le lasciò perdere e venne dritto da me:

<< Buongiorno signor Wayne, le serve qualcosa?>>

<< Buongiorno! Sì, sono qui per richiedere il porto d'armi>>

<< Ah... e come mai questa scelta signor Wayne? Ha deciso di darsi alla caccia?>>

<< Sì signore, era proprio quello che avevo in mente e in più vorrei comprarmi una pistola per difesa personale, tenendola chiusa in una cassaforte>>

Il poliziotto alzò il sopracciglio destro e mi guardò con aria superficiale, "diavolo ma lui solo quell'espressione sa fare?" pensai. Dopo un po' mi disse:

<< Va bene venga la faccio assistere dal mio collega. Si ricordi comunque che dovrà sostenere un esame della forma fisica e psicologica! Mi raccomando non combini guai signor Wayne. Ora devo andare, arrivederci!>>

<< Arrivederci, signore>>

Andai dall'altro poliziotto, compilai la domanda per questa benedetta licenza e poi me ne andai. Quella giornata la passai stranamente in pace, mi rilassai con dei film, mangiai schifezze e dormii, come al solito. Il giorno dopo mi fecero sapere che la mia domanda per avere il porto d'armi era stata accettata in parte, visto che la mia fedina penale risultava pulita, ma dovevo ancora fare la visita per certificare la sana e robusta costituzione e valutare la mia salute mentale. Finita la telefonata andai subito da un dottore per farmi queste benedette visite; ci passai come al solito mezza giornata e alla fine il dottore certificò la mia sana e buona costituzione sia fisica che mentale e ne rimasi sorpreso, visto l'ultimo periodo. Andai in questura a portare questa certificazione e poi tornai a casa.

Oramai era sera e non mi andava né di cucinare né di mangiare gli innumerevoli avanzi del mio frigo, quindi chiamai il ragazzo della pizza che in venti minuti mi portò una pizza gigantesca con peperoni, pomodori, formaggio e pancetta! Una vera delizia per il mio palato che finì nel mio stomaco in non più di quindici minuti e poi mi misi a dormire. Il giorno dopo finalmente era una bella giornata e quindi visto che mi rimanevano pochi giorni di vacanza decisi di andarmene al mare, presi una maglietta v-neck, i miei occhiali da sole, pantaloncini e via di corsa al mare. Anche se la strada era decisamente lunga mi rilassai non poco a farmi una passeggiata in riva al mare e a bere bibite gassate. Vidi molta bella gente che rideva e scherzava, c'erano le coppiette che si facevano le fotografie, i soliti vecchi imbronciati sotto l'ombrellone, le mogli che ammiravano i bagnini muscolosi e i mariti ovviamente tutti in cerchio a parlare di sport, il solito insomma. A fine giornata me ne tornai a casa stanco, parcheggiai la moto, presi le lettere nella casella della posta, chiusi la porta a chiave, poggiai tutto sul tavolo e andai in bagno, mi feci una doccia tranquilla finalmente e poi mi stesi a terra a vedere cosa mi era arrivato per posta. Oltre alle varie bollette da pagare, c'era una lettera che diceva che la mia richiesta per il porto d'armi era stata accettata.

<< Finalmente!>> esclamai e passai oltre, poi ovviamente c'era la solita e inutile pubblicità per farti spendere soldi con prodotti per il corpo: crema snellente ecc. Praticamente tutte cose inutili, così me ne andai a dormire.

Il mattino seguente andai a prendere in questura la mia licenza e poi passai subito in armeria per comprare queste armi. Il tizio che le vendeva aveva qualcosa di buffo, come se non avesse tutte le rotelle a posto, ma a me importava poco e quindi mi sbrigai a comprare quelle cose e ad andarmene tranquillo a casa. Stranamente era tutto com'era e quindi tirai un sospiro di sollievo, quando ad un tratto verso il muro apparve una figura sfocata che mi disse:

<< Le armi non ti salveranno>>.

Rimasi impietrito perché era di nuovo lui, non aveva smesso di darmi fastidio, ma ero un po' più sollevato del previsto anche perché quando si farà rivedere la prossima volta non esiterò a piantargli una pallottola in testa. Misi la pistola nel cassetto della cucina e il fucile sotto al letto, li avevo anche già caricati entrambi così che se avessi dovuto sparare immediatamente non avrei perso tempo. Fatto ciò passai una buona metà della giornata a vedere dei video su internet, bere birra, ascoltare musica e via dicendo. A fine giornata decisi che il giorno dopo sarei andato a caccia e che quindi mi sarei dovuto portare una sorta di pranzo da casa e così feci. Presi la macchina, il fucile lo misi vicino a me e caricai anche tutta l'altra roba che serviva, parcheggiai al solito posto con i divisori in legno e mi avviai dentro questo bosco. Più andavo avanti e più l'atmosfera si faceva tetra e la cosa non è che mi facesse impazzire, alla fine pensai "ma perché vengo sempre qui?". Mi feci molto più cauto con i passi cercando di non fare troppo rumore, i boschi erano sempre più fitti e sentii qualcosa che si stava muovendo, caricai il colpo in canna e mi feci ancora più silenzioso di prima. Ad un certo punto spuntò all'improvviso davanti al mio volto una bambina senza vita, impiccata, caddi a terra dallo spavento mentre vedevo quel corpo appeso a una corda come se fosse stata giustiziata ma quando la botta di adrenalina finì e rincominciai a ragionare e a vedere le cose per quelle che erano, mi accorsi che questa bambina, se pur ben vestita e truccata quale era, era solo una bambola. Una bella messa in scena per uno scherzo di cattivo gusto, pensai e per quanto potesse essere finta mi arrabbiai perché ero stanco di questa situazione. Così presi il fucile da terra e sparai in pieno petto alla bambola. In un batter d'occhio il buco in petto che gli feci su quella vestaglia da notte diventò carne viva e incominciò a colare sangue e in quel preciso momento anche gli altri alberi si riempirono di bambole impiccate che colavano sangue e strillavano come dei bambini veri.

La prima cosa che feci fu scappare, ma per mia sfortuna dalla parte sbagliata: non stavo tornando all'auto anzi mi stavo addentrando ancora di più nella foresta, senza accorgermene. Sentivo ancora dentro la mia testa quelle urla strazianti di quelle maledettissime bambole e mentre mi guardavo intorno non mi accorsi che davanti a me ci fosse proprio lui. Il bastardo mi guardava sempre con quel sorriso a trentadue denti e con uno sguardo profondo mi disse:

<< Che c'è? Prima spari a un'innocente vittima e poi te la dai a gambe? Ma no non si fa così! Non è nel tuo stile, di solito tu prima le torturi e poi le lasci morire miserabilmente, vero?>>

Senza pensarci due volte, presi il fucile e gli sparai. Lo presi sull'addome e lui incominciò a urlare e ne ero felice: finalmente potevo sbarazzarmi del 'finto me stesso', però subito dopo accusai una fitta dolorosissima anche io in quel punto. Iniziai a urlare e caddi per terra e solo allora capii che lui era veramente uguale a me, si poteva anche dire che lui era me stesso.

<< Dai su spara, spara ancora se ne hai il coraggio!>> mi disse con un aria minacciosa.

Io avevo uno sguardo incredulo e molto spaventato, continuai però a sentire ciò che diceva...

<< Cos'è, non spari più? Non sei più così pieno di te? Hai capito final-mente che io sono te e se anche mi spari e tu senti il mio stesso dolore è perché siamo la stessa persona. Quindi visto che il dolore lo senti anche tu questo non ti serve>>

Si avvicinò a me, prese il fucile e lo ruppe in varie parti come se fosse fatto di burro, poi mi lanciò un'occhiata e aggiunse:

<< E visto che io sopporto meglio di te il dolore...>>

Mi tirò su, con una mano mi mise di spalle a uno degli alberi imbrattati di sangue e incominciò a picchiarmi, graffiarmi e a mordermi con una furia disumana; cercavo di difendermi invano da me stesso, sembra ridicolo dirlo ma è così e mentre venivo graffiato, morso e picchiato speravo che quel momento fosse stato l'ultimo perché non ce la facevo più; però qualcosa dentro di me mi ha fatto reagire. Ripensai a quella luce in quel sogno, quando mi stavano ferocemente accoltellando e non so perché fu proprio quella a darmi la spinta. Raccolsi tutte le forze rimaste, urlai ma fu troppo tardi e svenni. Mi risvegliai sdraiato in mezzo al mio salotto, tutto sudato e pieno di lividi con dei tizi che bussavano alla mia porta, ma ci misi un po' per alzarmi. Tutto intontito andai a vedere chi era: "che palle di nuovo la polizia... ma che vogliono questi da me?" pensai. Comunque dovetti aprire se non volevo rischiare di avere la porta di casa sfondata.

<< Buongiorno agente, come mai qui?>>

<< Ci rincontriamo di nuovo signor Wayne e sempre per il solito motivo: hanno sentito degli schiamazzi e delle urla provenire dalla sua abitazione e quindi la deve smettere! Altrimenti sarò costretto a portarla in centrale! Le è chiaro signor Wayne?>>

Ad un certo puntò smise di scrivere sul suo taccuino alzò gli occhi verso di me e mi vide dolorante e pieno di lividi, poi esclamò:

<< Signor Wayne debbo entrare in casa sua a vedere se è tutto apposto>>.

Risposi di sì ovviamente, peccato per un piccolo dettaglio che non avevo né visto né calcolato: avevo il fucile rotto per terra in mille pezzi vicino a una macchia di sudore dove probabilmente mi ero accasciato. Il poliziotto si girò e mi chiese:

<< Cosa sta succedendo qui signor Wayne? Perché lei è pieno di lividi? E perché c'è il suo fucile tutto rotto per terra?>>

Non mi diede neanche il tempo di ragionare che iniziò a farmi tutte queste domande e io ovviamente, intontito come ero, non riuscii a dare una risposta sensata.

<< Signor Wayne lei mi sta nascondendo qualcosa! Prima la colgo imbrattato di sangue con una ferita assurda al braccio e mi propina una storia che poteva anche reggere per una volta, ora la trovo pieno di lividi, con l'aria intontita, un fucile peraltro nuovo di zecca distrutto in mezzo al suo salotto! Quindi o mi dice quello che realmente sta accadendo in questa casa o la metto in custodia cautelare! >>

<< Io agente non sto coprendo nessuno, davvero! Glielo giuro!>>

<< Va bene ho capito, preferisce le maniere forti!>>

In quel momento non sapevo che fare, non potevo dirgli che erano mesi che venivo attaccato da una 'persona' che era uguale a me. Mi avrebbero sbattuto in manicomio o comunque in un carcere per malati di mente, ma in ogni caso io oltre ai graffi e ai lividi non avevo alcuna prova che quest'individuo esistesse e quindi sarei comunque rimasto fregato. Mi portarono in centrale dove confermai quello che dissi a casa mia all'agente, ovvero che io non stavo coprendo nessuno e che non c'era nessuna attività illecita a casa mia. Ogni parola fu sprecata perché mi misero comunque in custodia cautelare e passai la notte al fresco.

Quella sera pensavo e ripensavo a come potevo costruire una storia ben fatta per far sì che almeno non mi mettessero in manicomio. Non riuscii a dormire, rimasi seduto sul quel letto scomodissimo, in quella cella a dir poco piccola a fissare il muro, quel muro che sembrava tutt'altro che pulito, eppure in quel momento una strana sensazione di sconforto pervase il mio corpo: un dolore al cuore come se qualcuno lo stesse stringendo e iniziai a sentirmi soffocare. Ad un certo punto sul muro apparve una scritta, che sembrava come se qualcuno l'avesse incisa con le unghie a forza. Recitava: "Sei finito!". La scritta oltre che incisa era fatta col sangue che colava dal muro. Io iniziai a sentirmi male, mi misi una mano sul petto e iniziai a respirare affannosamente, quando una guardia mi sentì fare rumore e si avvicinò.

<< Ehi! Ma ti vuoi mettere a dormire? È tardi! Forza!>>

Mi spaventai perché non lo sentii arrivare ma subito tutto sparì: la stretta, il fiato corto e soprattutto la scritta. Ero incredulo e anche stanco e d'altronde la notte non passò molto velocemente come speravo.

Le quarantotto ore erano passate e quindi mi rilasciarono. Mi scortò la stessa guardia che la sera prima mi sgridò per il troppo rumore fino alla fine di un lungo corridoio dove c'era un gabbiotto. Lì mi ridiedero tutti gli effetti personali: portafoglio, cellulare e chiavi della macchina. All'uscita della prigione c'era il commissario, sì proprio lui, quello che mi aveva arrestato. Non sapevo che era commissario fino a che al gabbiotto non mi dissero che mi stava aspettando all'uscita. Così presi la mia roba, uscii e andai verso il commissario che appena mi vide disse:

<< Bella giornata, non è vero signor Wayne? >>

Io risposi con un tono da cane bastonato:

<< Cosa vuole ancora da me commissario? Ho scontato come dovevo la mia pena, anche se non ho fatto nulla>>

Lui mi disse che non c'era nulla di cui preoccuparsi visto che, come avevo detto, la mia pena l'avevo scontata, ma di seguirlo perché aveva delle cose da dirmi e visto che non avevo di meglio da fare lo seguii.

<< Senta signor Wayne mi presento, così che la nostra conversazione sarà molto più diretta ed efficace, almeno spero. Sono il commissario Lanchester e la osservo da quando la prima volta si è presentato alla porta. All'inizio era un semplice caso di 'disturbo della quiete

pubblica' e lei si presentò con un bel taglio al braccio, io non feci domande perché era ovvio quello che era successo almeno dalle apparenze. Comunque...poi ci rincontrammo in centrale per la richiesta del porto d'armi e già da lì ho capito che qualcosa non andava così ho fatto delle ricerche e dopo averle fatte mi sono chiesto: perché mai un civile con la fedina penale pulita dovrebbe chiedere il porto d'armi? E da lì, mi sono informato meglio e ho visto che lei non aveva alcun motivo di chiedere il porto d'armi.>>

<< Perché?>>

<< Perché? Glielo dico io il perché... perché lei, signor Wayne, ha fatto tantissimi lavori: ha lavorato in tanti negozi e pur lavorando come commesso, dove il rischio di essere derubati è alto, non ha mai fatto richiesta del porto d'armi, ma ora che vive e lavora praticamente a casa ne ha sentito il bisogno. Una cosa insolita, lei non crede?>>

<< Sì, ma...>>

<< Mi lasci finire signor Wayne. Quindi essendo una cosa insolita mi conduce a pensare che nella sua casa c'è qualche cosa che non va.

Una moglie con le maniere troppo forti? Nah… lei non è mai stato sposato. Un coinquilino allora? Neanche, perché lei vive da solo… facciamo una cosa allora, me lo dica lei… mi dica se c'è qualcosa che non va; la stanno ricattando? Cosa? Me lo dica lei signor Wayne.>>

<< Signore. Il suo ragionamento non fa una piega, ma purtroppo debbo dirle che comunque nella mia umile casa non c'è, e per fortuna aggiungerei, nessuna attività illegale in atto. Quindi le chiedo di smettere di spiarmi o seguirmi perché non solo a questo punto sarebbe violazione della privacy ma sarebbe una immane perdita di tempo perché non troverebbe niente. Quindi, se vuole scusarmi, ora andrei nella mia umile dimora a fare una bella dormita visto che nelle vostre carceri si dorme da schifo. Arrivederci commissario Lanchester!>>

<< Arrivederci signor Wayne>>

Il commissario Lanchester mi guardò con un'espressione ambigua, non saprei dire se fosse più compiaciuto o ancora più sospettoso dopo quella chiacchierata. Era ovvio che sotto qualcosa c'era ma comunque se glielo avessi detto sarei finito subito in un manicomio, cosa che, dopo tutto quello che mi era capitato in questi giorni, volevo sinceramente evitare. Pian piano tornai sulla strada di casa frustrato, non ero mai stato in prigione e mai avrei voluto entrarci, ero arrabbiato con me stesso e con quello che mi stava capitando, non volevo che il mio passato tornasse a tormentarmi così violentemente e poi perché? Perché quel mostro è collegato a me? Cosa ha di me? Cosa sa di me che io non so o che non ricordo? Eppure ci deve essere qualcosa. Arrivai a casa ancora più demoralizzato di prima, avevo una gran voglia di buttarmi a letto ma non lo feci perché ero troppo irritato così presi una birra dal frigo, la aprii e me la scolai sul divano mentre pensavo a come uscire dalla situazione in modo da non avere più problemi. Purtroppo la stanchezza si fece sentire e ben presto mi addormentai seduto al centro del divano con la mia lattina di birra in mano.

Capitolo V

Mi risvegliai il giorno dopo con un mal di testa allucinante, la casa ovviamente era un bordello ma di quello non mi importava poi gran che visto che non avevo grandi visite o comunque non dovevo ospitare nessuno e quindi me ne andai in bagno per sistemarmi, fregandomene dello stato della mia casa. Fatto ciò mi misi degli abiti puliti e uscii per andare a fare colazione. Non la faccio mai di solito ma quella mattina mi prese voglia e così mi incamminai verso la prima tavola calda della zona. Purtroppo stando in centro sono tutte affollate, ma dopo quasi un'ora di cammino ne trovai una alquanto carina e poco affollata. L'ambiente non era male e al posto dei divani con i tavoli circolari aveva dei graziosi tavolini neri con tovaglie bianchissime e con sopra un vasetto con dei fiori su ogni tavolino. Sinceramente non sapevo a cosa servivano ma l'idea era graziosa. Decisi di andare lì e appena entrato una cameriera mi diede il benvenuto e mi disse che potevo accomodarmi dove volevo. Fatto ciò ordinai del caffè e mi misi a guardare per bene questo locale: mi piacque parecchio. Era silenzioso a tal punto che i rumori del centro quasi non si sentivano e questo me lo fece apprezzare ancora di più. Arrivato il mio caffè ringraziai la cameriera e voltandomi incrociai lo sguardo con una ragazza dal viso interessante che mi guardò di rimando. Ci scambiammo gli sguardi per un paio di minuti, lei era mora di capelli, portava una camicia bianca e dei pantaloni neri, aveva un viso dai lineamenti dolci, come una bambola di porcellana. Purtroppo non riuscii a guardarle il colore degli occhi perché era troppo lontana per vederli, ma ci scambiammo due sorrisi e poi entrambi uscimmo dalla tavola calda. Non mi seguì né potei dirle 'ciao', anche perché non la conoscevo e poi mi vergognavo però mi feci un po' di coraggio e andai da lei, le toccai la spalla, lei si voltò, mi sorrise e:

<< Ciao!>>

<< Ciao...>>

<< Ho visto che mi guardavi alla tavola calda, volevi dirmi qualcosa?>>

<< Ti va di fare due passi?>>

<< Due passi... ma non avresti una scusa migliore? Ahah, ok comunque.>>

In quel momento ero imbarazzatissimo e come al mio solito sono riuscito a fare la figura dell'idiota, ma ha accettato e questo era un bene, finalmente mi sarei svagato un po' la mente. Mentre camminavamo, parlavamo del più e del meno e alla fine ci ritrovammo su una sorta di ponte naturale dove incominciammo a parlare di noi. Per fortuna parlò quasi sempre lei: mi raccontò la sua vita e quello che le piaceva; era una ragazza tranquilla ma vivace a differenza di me che sono più un pelandrone ma alcune volte so anche io come divertirmi ogni tanto. Alla fine della chiacchierata la riaccompagnai a casa e scoprii che, neanche a farlo apposta, abitava a quattrocento metri dalla mia abitazione. Ci salutammo con dei sorrisi e poi tornai spensierato a casa mia, contento di aver scelto di uscire quella mattina.

Tornato a casa con una marcia in più decisi di mettere in ordine, perché se avessi dovuto farla entrare ero sicuro che sarebbe scappata per quanto disordine c'era. Dopo un lavoro di quattro ore la casa era completamente pulita e il pavimento splendeva, potevo andarne fiero tranne che ora emettevo un cattivo odore e quindi facendomi la doccia avrei rifatto un macello in bagno. Fatto ciò, ancora con l'accappatoio mi sdraiai sul mio letto con un sorriso a trentadue denti che non avevo da molto tempo. Pensavo solo a quella ragazza incontrata giù a quella tavola calda: i suoi capelli e i suoi stupendi occhi azzurri che ero riuscito a vedere solo avvicinandomi a lei; per me in quel momento era il pensiero più bello che in quell'anno avessi avuto. Tra la felicità e il silenzio di casa mia riuscii non so come a prendere sonno. In quel momento non feci dei sogni ben precisi come in passato, ma vedevo tutto scuro e una voce mi disse delle cose come se mi stessero sussurrando, poi capii... era lui e lo sentii parlarmi... di nuovo:

<< *Non hai ancora scontato la pena signor Wayne, è inutile che scappi o che cerchi la felicità in questo mondo, perché tu per quanto*

mi riguarda non la troverai mai>>, poi sentii un botto, come se qualcuno stesse tirando pugni a un'oggetto...

Mi svegliai di soprassalto e guarda caso stavano bussando alla mia porta, era lo stesso rumore del sogno mi alzai e mi vestii di corsa urlando:

<< Un attimo!!!>>. Dopo aver messo due stracci addosso andai ad aprire la porta: era lei! Appena la vidi mi uscì un sorriso.

<< Ciao!>>

<< Ciao! Hai scoperto dove abito è?>>

<< Già, non è stato difficile dato che abitiamo a pochi metri l'uno dall'altra!>>

<< Eh già, ma prego entra>>

<< No tranquillo sono venuta a dirti che domani io avrei la giornata libera dal lavoro e quindi se ci volessimo rincontrare al bar come questa mattina io ne sarei felice...>>

Lei mi sorrise e mi guardò intensamente con quegli occhi azzurri.

<< Ma sì! Certo! Non c'è problema, anzi farebbe piacere anche a me!>>

<< Splendido... allora a domani mattina>>

<< Sì... a domani.>>

Ci salutammo, la guardai andare via e dopo che aveva svoltato l'angolo richiusi il portone di casa a chiave dando tutte le mandate che potevo, mi girai e vidi quell'essere che mi sorrideva e mi graffiò in pieno viso, poi mirò al cuore facendomi un altro graffio. Per evitare che continuasse mi buttai su di lui cercando di placcarlo, ma scomparve come una nuvola di fumo e io ero di nuovo a terra con delle ferite e i vestiti sporchi di sangue. La cosa incominciava a importarmi poco, così mi rialzai e andai in bagno a curarmi le ferite ma questa volta non sentii nemmeno il bruciore del disinfettante, in realtà non sentii proprio nulla. Curai quelle ferite come se non le avessi e poi sullo specchio il mio volto prese la forma di quell'essere, come se volesse dirmi che in un modo o nell'altro lui mi possedeva. Io lo sapevo o per lo meno pensavo che una cosa del genere si potesse gestire con facilità eppure qualcosa mi diceva che in un modo o nell'altro avrei potuto contrastarlo: come? Questo ancora non lo sapevo, ma ero certo che se avessi fatto resistenza in qualche modo ce l'avrei potuta fare. Comunque fatto ciò, mi misi al pc per tutta la notte pensando a quando l'avrei rivista e a cosa dirle, perché sinceramente non sapevo come comportarmi, dato che fortunatamente la volta prima parlò sempre lei ma se questa volta avessi dovuto parlare di me non sapevo proprio da dove cominciare e con cosa cominciare.

La notte passò così tra un pensiero e l'altro e io mi addormentai molto tardi. La mattina seguente ero un 'cadavere' e sul volto si vedeva che avevo dormito poco o niente, ma ormai l'appuntamento era segnato e quindi ero obbligato ad andarci, stanco o meno. Mi feci una doccia fredda, mi misi i vestiti e uscii in tutta fretta verso quella tavola calda dove la bellissima ragazza dagli occhi azzurri non c'era o probabilmente non era ancora arrivata. Intanto decisi di sedermi e aspettarla e dopo venti minuti ordinai la colazione solo per me. Ad un tratto:

<< Ciao! Lo sai che ordinare qualcosa mentre si aspetta una ragazza è da maleducati? >> disse con aria scherzosa.

<< Ciao! Non ti avevo visto più arrivare e quindi pensavo che avessi avuto di meglio da fare... ti ordino subito qualcosa>>.

Lei prese un caffè; ne andava matta e io non sapevo minimamente come facesse a ingurgitarne così tanto al giorno.

<< Allora, che mi dici di bello?>>

<< Mah nulla, ho passato la serata al computer aspettando che si facesse giorno.>>

<< Non hai dormito?>>

<< No non è che non ho dormito è che sono stato molto tempo al pc e quando alla fine mi sono annoiato mi sono messo a dormire; erano più o meno le due...>>

<< Le due? Ma come fai? Io non riuscirei a stare davanti al computer per così tanto tempo>>

Ad un certo punto mi ricordai delle ferite che quell'essere mi aveva fatto e di colpo mi misi tutte e due le mani sul volto per coprirlo.

<< Ma che fai?>>

<< Niente...>>

<< Smettila dai, cos'hai in faccia?>>

<< Niente perché?>>

<< Appunto! In faccia non hai nulla che non va! Perché ti stai coprendo?>>

<< Ah non ho nulla?>>

<< No! Quindi smettila dai... >>

<< Ok... se lo dici tu.>>

A quanto pareva, i graffi di quel maledetto erano spariti durante la notte o molto probabilmente erano solo un'illusione, quindi cercai di riparare alla figura da idiota che avevo appena fatto. Finito entrambi di fare colazione ci dirigemmo fuori per fare una passeggiata e come io avevo ben sperato che non accadesse, questa volta dovetti parlare di me. La cosa non mi andava poi così tanto ma già che c'ero mi feci forza e le raccontai un po' della mia vita, ovviamente omettendo moltissimi fatti che sicuramente sapevo che non avrebbe gradito. A fine giornata, come l'ultima volta, la riaccompagnai a casa e fui sorpreso quando mi disse che era stato bello uscire con me. Era una cosa che non sentivo da parecchio tempo e la ringraziai e le dissi "anche a me" poi me ne ritornai al mio appartamento dove, nella solitudine delle mie cose, risentii rimbombare le dolci parole di quella ragazza da tempo per me sconosciute. Però era strana come cosa, proprio nel momento in cui mi stavano succedendo cose simili incontro una ragazza... sembra quasi fatto apposta. In ogni caso, dopo molto tempo ero felice.

Il giorno dopo non andai fuori a fare colazione perché pioveva e visto che ero bloccato a casa, se così si può dire, approfittai per aprire il pc e guardare le mail, se a lavoro mi avessero dato qualcosa da fare anche se comunque io ero in ferie. Non potei controllare perché a causa del temporale la connessione era saltata e poco dopo saltò anche la luce. Mi rassegnai, ma poco dopo qualcuno bussò alla mia porta. Mi girai di scatto, sentii ancora bussare e senza fare rumore andai verso la cucina dove avevo lasciato la pistola e pian piano mi avvicinai verso la porta. Nascondendomi in bagno con la pistola carica urlai:

<< Chi è???>>

<< John ci sei? Disturbo? Dai aprimi che sta diluviando qua fuori!>>.

Era la ragazza del bar. Mi rasserenai e posai velocemente la pistola nel cassetto per poterle aprire. Entrò molto frettolosamente facendo strani versi, io invece ci misi un po' a chiudere la porta perché stavo ammirando il cielo che faceva venire giù quelle magnifiche gocce d'acqua. Lei si girò e mi chiese:

<< Ma che fai, non chiudi?>>

<< Sì ecco>>

In realtà non avevo proprio voglia di chiudere la porta, comunque dovetti perché avevo un ospite.

<< Scusa se mi presento così senza avvisarti ma non avevo il tuo numero e quindi ho deciso di farti una visitina, ti dispiace?>>

<< No figurati… ma guardati sei tutta bagnata, se vuoi puoi andarti a fare una doccia così ti scaldi e non ti prendi un malanno.>>

<< Davvero posso? Grazie! Che pensiero gentile!>>

<< Non preoccuparti, usa pure la mia roba: accappatoio, asciugamano, il phon se ti serve>>

<< Sei davvero un ragazzo d'oro, grazie.>>

La mandai a fare la doccia, non so perché, forse un po' per quel suo carattere solare che mi infastidiva o, perché, nonostante tutto lei mi ispirava fiducia. Mentre era in bagno, sistemai meglio la pistola posandola nel cassetto della mia camera da letto e non più in cucina, perché non mi andava che per qualche mio errore la vedesse. Aspettandola rassettai un po' la casa. Quando uscì aveva i capelli bagnati e indossava il mio accappatoio, era bellissima. Mi chiese dove poteva mettere i vestiti bagnati, le dissi sul termosifone perché si sarebbero asciugati immediatamente. Stette un po' con l'accappatoio addosso, mi chiese varie cose: come mai vivevo al centro ma in un piccolissimo appartamento come quello invece di prenderne uno più grande; mi chiese perché non mi vedeva mai girovagare per il centro come faceva lei e il perché passavo sempre tanto tempo rinchiuso in questo appartamento. Rimasi colpito dal suo interessamento per me, ci conoscevamo a malapena da tre o quattro giorni e già sentiva il bisogno di chiedermi tutte queste cose, come se le importasse davvero qualcosa di me, come se io fossi in un certo modo il suo bersaglio. Potrei anche sbagliarmi ma dopo questi giorni avevo visto di tutto quindi potevo in un certo senso sospettare che lei fosse qui per sorvegliarmi. In ogni caso risposi alle sue domande con tono spensierato come se fossi ancora un teenager in cerca di sogni e lei rimase compiaciuta dalle mie risposte, segno che avevo fatto centro e che non me ne avrebbe fatte per un bel po', o almeno così speravo. Mentre aspettavamo che i vestiti si asciugassero guardammo un po' di televisione, era da tempo che non la guardavo. Ad un certo punto lei prese il telecomando, spense la televisione e si mise a gambe incrociate verso di me sul divano e con occhi puntati su di me mi chiese:

<< Ti va di parlare un po'?>>

<< Di cosa dovremmo parlare?>>

<< Di noi…>>

<< Adesso c'è un noi?>> chiesi stupito.

<< Be' più o meno, ci siamo incontrati tre o quattro giorni fa al bar e abbiamo chiacchierato molto prima di me e poi di te, siamo usciti e adesso mi hai accolta in casa tua e mi hai fatto fare una doccia…>>

<< Non lo farebbe chiunque?>>

<< Be' no, non in questa città almeno e di sicuro non con le persone con le quali esco di solito.>>

<< Uhm, penso che comunque per un noi sia ancora troppo presto. In ogni caso penso che ora i tuoi vestiti siano puliti e asciutti.>>

<< Ok...>>

Il suo sguardo si rattristò, ma di sicuro non si era di certo rassegnata con me. Si alzò dal divano, andò verso il bagno, aprì la porta e controllò se i vestiti erano asciutti fatto ciò si tolse l'accappatoio e rimase completamente nuda davanti ai mei occhi, poi con naturalezza, come se non fosse accaduto nulla e fissandomi si rivestì, prese le sue cose e mi disse:

<< Grazie per la doccia e per la compagnia.>>

Andò verso la porta, lasciò un fogliettino di carta sulla mensola della cucina e poi se ne andò sbattendo la porta. Rimasi quasi attonito da quel comportamento perché ripensandoci su non sapevo cosa avessi fatto per farla reagire cosi, però dopo un po' che ci pensavo, lasciai correre e mi alzai dal divano per rimettere a posto la roba. Intanto di fuori stava facendo il 'diluvio universale', non ricordo quando fu l'ultima volta che piovve così tanto e non potendo uscire decisi di mettermi al computer per fare ordine nella mia posta elettronica e vedere se c'erano lavori da fare. Mentre guardavo la mia posta elettronica non riuscivo a togliermi dalla testa l'atteggiamento di prima... "perché ha fatto così? Avrò detto qualcosa di male?" pensai. Eppure pensando e ripensando non riuscivo a trarne una conclusione così decisi di lasciare stare e visto che era anche ora di pranzo mi ordinai una pizza. Dopo aver pranzato la pioggia iniziò a calmarsi ma la corrente se ne andò di nuovo. In quel momento bussarono alla porta e nel buio, chissà come, riuscii ad arrivare alla pistola e tornare per aprire la porta e con tono quasi arrabbiato chiesi:

<< Chi è?>>

<<Commissario Lanchester!>>

Mi misi la pistola nei pantaloni e aprii la porta.

<< Buon pomeriggio commissario, come mai da queste parti? Prego, entri.>>

<< Buon pomeriggio a lei. È solo un controllo visto che il temporale ha fatto parecchi danni in città specialmente ai pali della corrente. Stavo facendo il giro delle abitazioni per vedere se andava tutto bene.>>

<< Ah ho capito. Be' qui è tutto a posto e a parte la corrente che va e viene, non c'è nulla che non va>>

<< Vedo... e per quella storia signor Wayne? >>

<< Quale storia, commissario?>>

<< Dai non faccia il finto tonto signor Wayne, non insulti la mia intelligenza. Dopo averla messa in custodia cautelare qui è diventato tutto calmo, non ci sono state più segnalazioni di disturbi della quiete o schiamazzi notturni. Non le pare strano?>>

<< Diciamo che ho messo la testa a posto>>

<< Ovviamente signor Wayne, ovviamente... In ogni caso qui è tutto a posto, faccia uno squillo in centrale se ha problemi. Arrivederci signor Wayne.>>

<< Arrivederci, commissario.>>

In un certo senso ero sollevato che fosse venuto qui a controllare, almeno non era quell'orrendo mostro. Eppure era strano che non si fosse ancora fatto vedere, ne sentivo, per così dire, la mancanza…

"Mi tolsi la pistola dai pantaloni e la rimisi a posto, dopo di che decisi di uscire e di andare a trovare la ragazza del bar, perlomeno per scusarmi dell'accaduto. Così uscii e andai da lei in tutta fretta, senza curarmi di ciò che avevo addosso e non calcolando che, anche se il tempo si era calmato, pioveva lo stesso, poco, ma pioveva. Dopo un po' arrivai al portone e bussai… tra l'altro era molto simile al mio di portone, ma non rispose nessuno… riprovai invano… bussai la terza… ma niente. Probabilmente a casa non c'era nessuno, me ne tornai indietro pensando di riprovare domani, per scusarmi. Mentre tornavo a casa, tenevo le mani in tasca e la testa bassa, non mi accorsi però che aveva smesso di piovere e al momento di svoltare a sinistra non trovai la via di casa mia ma bensì un vicolo cieco. Quel vicolo cieco si presentava come tantissimi altri vicoli ma da dietro i cassonetti si potevano udire dei piccoli lamenti che mi fecero incuriosire non poco; mi avvicinai per controllare se tutto fosse a posto e in effetti quando mi addentrai i lamenti

sparirono, così mi girai e sentii un tuono sopra il cielo, assordante, inquieto, terrificante e subito dopo venni completamente sbalzato contro il muro. Una forza incontrollata mi teneva inchiodato contro quel muro e non riuscivo minimamente a contrastarla. Poi tutto intorno si fece nero, come se mi avessero chiuso dentro una scatola buia e in quella scatola c'ero io e il vicolo cieco. Riuscivo a malapena a respirare a causa del colpo e ad un tratto riapparve lui... quel mostro, che sbucò dal nulla e che si avvicinava a passo lento verso di me mentre rideva... si avvicinò sino al mio volto, mi sorrideva in faccia, sentivo il suo respiro quasi disumano su di me. Ad un certo punto iniziò a tirarmi dei pugni vicino al volto, però non colpiva me, colpiva il muro. Iniziai ad urlare per lo spavento ma appena realizzai ciò che stava facendo riuscii stranamente a reagire e la situazione si ribaltò completamente, con la differenza che io lo stavo colpendo in faccia, lo stavo colpendo talmente forte che sembrava quasi che il suo viso si stesse staccando dal cranio. Sanguinava, sanguinava moltissimo dalle orecchie, dal naso, e dalla bocca ma lui continuava a sorridere anche se continuavo a sferrargli colpi su colpi. Ad un certo punto iniziai a sentire dolore sulle mani che per non fermarmi dovetti chiudere gli occhi e continuare..."

Continuai con altri due o tre colpi prima di accorgermi che mi trovavo a casa mia, nella camera da pranzo dove avevo la porta sfondata probabilmente per colpa dei pugni e il commissario con un altro agente che mi puntavano la pistola contro. Esasperato dalla situazione persi la pazienza e mi scagliai contro l'agente che teneva la pistola ad altezza uomo, ma purtroppo non feci i conti con un altro agente che era nascosto nella mia camera da letto. Appena vide che mi scagliavo contro il suo collega, mi sparò un colpo di stun gun che mi fece cadere a terra e svenire.

Capitolo VI

Mi ritrovai allettato e ammanettato in un ospedale di non so quale città o paese, avevo una flebo alla mano sinistra e una mascherina per respirare, avevo anche tanti bottoncini attaccati al mio corpo che a loro volta erano attaccati a uno strano aggeggio che faceva un fastidiosissimo suono. La stanza era molto piccola, ci sarebbero entrate più o meno quattro o cinque persone, in più non sentivo nessun altro suono al di fuori della stanza. Provai a chiamare qualcuno ma nessuno rispose. Ad un certo punto sentii uno strano suono come se qualcuno stesse spruzzando del gas e dopo pochi secondi svenni di nuovo.

Mi ritrovai in piedi nel mezzo della stanza, vidi che c'erano delle luci accese ma non riuscii a capire se c'era qualcuno. Allora aprii la porta presi una sorta di maglione che c'era lì e me lo misi addosso, chiusi la porta dietro di me, ma ce n'era un'altra che doveva essere aperta. Ad un tratto si sentì un tonfo come se fosse caduto qualcosa dal 40esimo piano e poi la stanza incominciò a tremare, e quel piccolo disimpegno improvvisamente si allungò diventando un corridoio che in pochi secondi mi trascinò nel mezzo delle due porte. Io iniziai a correre verso la stanza ma più correvo e più rimanevo immobile poi apparve lui, quel bastardo mi chiamava... diceva il mio nome per intero ma io non lo volli ascoltare e più correvo, in quel momento, più riuscivo ad avvicinarmi alla stanza. Ad un certo punto ero vicinissimo e saltai... divenne tutto nero, ma il mio nome continuava a rimbombare...

<< Signor Wayne? John Percival Wayne? >>
Mi svegliai e trovai il medico che mi fissava e mi chiamava. Vicino a lui c'era il commissario Lanchester e appena riuscii a capire quello che dicevano, mi dissero che avevo subito un fortissimo shock e che mi avrebbero tenuto in ospedale per un po' di giorni. Dopo dimesso, mi avrebbero consegnato in mano al commissario e in seguito mi avrebbero portato in un manicomio giudiziario. A me ormai non importava più

nulla di cosa mi sarebbe successo, la 'frittata' l'avevo fatta e in ogni caso mi avrebbero comunque tenuto lì e anche se mi avessero fatto uscire, mi avrebbero comunque per sempre controllato e ricontrollato.

<< L'ha fatta grossa signor Wayne... scagliarsi contro un pubblico ufficiale? Brutta mossa, davvero brutta mossa>> mi disse il commissario.

Il medico chiamò il commissario e disse che doveva parlargli di una cosa importante; li vidi chiacchierare al di fuori delle due porte. Io intanto guardavo il soffitto e l'aria che usciva dai condotti faceva sventolare i pezzettini di carta. Non sapevo perché ero così immobile, così calmo, così paziente, ma sapevo che di lì a poco mi avrebbero portato in un posto dal quale non tutti escono o almeno non escono vivi.

I due smisero di parlare e se ne andarono e con loro se ne andò anche quel brusio che mi teneva compagnia. Ero fermo, immobile e irritato da quel fastidiosissimo suono che faceva la macchina se provavo a muovermi, fortunatamente il medico aveva spento il rumore continuo di prima, ma ancora lo sentivo risuonare nella mia testa. Decisi che in un modo o nell'altro non sarei rimasto un secondo di più, così iniziai a cercare di muovermi, ma non mi ricordai che avevo ancora le catene, così decisi di aspettare.

Arrivò il giorno in cui mi levarono le manette dal letto, ma non era saggio scappare in quel momento visto che c'erano altri quattro agenti oltre al commissario a prelevarmi in quella stanza e altri nel corridoio. Erano venuti a prendermi con un furgone blindato. "Perché tanta importanza e sicurezza per me, cosa sanno di me che io non so?" pensai mentre mi dirigevo al mezzo blindato dove dentro, sedute, a tenermi d'occhio c'erano altre due guardie. Mi rimisero le manette prima di entrare e poi mi fecero sedere. Il viaggio fu lungo e le guardie continuavano a fissarmi le mani, i piedi e poi mi guardavano in volto, come se io da un momento all'altro potessi reagire. In effetti qualche idea l'ho avuta, ma anche se li avessi uccisi, avrei fatto scattare un allarme troppo grande. Arrivati a destinazione, c'era una grandissima porta che si aprì al nostro passaggio. La guardia di sinistra firmò qualcosa, probabilmente un documento, poi mi fecero passare per un lungo corridoio pieno di sbarre e cancelli.

Cercavo di comunicare invano con le guardie chiedendo dove mi stessero portando, ma non ricevetti risposta fino a quando, superando un corridoio, arrivammo a una porta singola, probabilmente blindata. La aprirono e mi buttarono dentro ad una stanza alquanto piccola: c'era un letto, se così si poteva definire, un water e un bidet. Le mura erano molto dure, sicuramente non era cartongesso. Passai lì le mie prime 24 ore, almeno credo. Non c'erano finestre e di conseguenza la concezione del tempo era nulla e mi stavo annoiando a morte. Il problema era che anche se avessi provato a scappare, non avrei potuto nascondermi in una cella vicina perché la mia cella era in un lungo corridoio e la cosa mi dava i nervi, ma per la noia mi addormentai.

Due guardie mi risvegliarono, mi alzarono da terra e mi trascinarono fuori da quella stanza, portandomi in un'altra stanza un po' più grande, con una sorta di sedia elettrica. Mi attaccarono degli elettrodi e vicino ad essa c'era un'apparecchiatura medica, cosa che non mi tranquillizzava affatto, ma non feci resistenza. Mi misero seduto, mi fecero indossare uno strano copricapo in testa e mi applicarono degli elettrodi sui pettorali e ovviamente mi legarono mani e caviglie alla sedia. Poco dopo arrivò un medico, probabilmente uno psichiatra, che prese una sedia e si sedette vicino a me.

<< Come ti chiami figliolo?>>

<< John Percival Wayne>>

<< E sapresti dirmi quando sei nato?>>

<< 18 Ottobre… ma a lei poi che importa! Mi lasci stare!>>

<< Ho capito…>>

Ero diventato molto irritato, così quel medico troncò la conversazione e accese la macchina. Iniziai a sentire delle scosse elettriche su tutto il mio corpo, cercavo invano di reagire e di slegarmi ma non ci riuscii e dopo un po' svenni. Mi risvegliai ancora attaccato a quella sedia, ma le scosse erano finite. Arrivarono due guardie che mi tolsero da lì e mi riportarono in quella stanza maledetta dove mi rinchiusero nuovamente. Di lì a poco ero ancora molto intontito ma venne a farmi visita il medico che mi fece quell'esame, accompagnato da una guardia che mi rimise le manette per sicurezza. Il medico iniziò a parlarmi dicendo che avevano raccolto tante informazioni su di me e che soffrivo di allucinazioni, in più dissero che durante la visita avevo iniziato a parlare, anche se ero praticamente addormentato, e che stilai una lista di crimini che avevo commesso negli anni passati ma che non potevo ricordare per una fortissima amnesia dovuta a qualcosa che ancora non avevano scoperto. Così decisero che avrebbero dovuto processarmi e di conseguenza condannarmi alla pena di morte e io senza battere ciglio dissi che per me andava bene. La guardia fece uscire il medico e solo dopo che uscì mi tolse le manette. Mi richiusero là dentro... non sapevo che fare ma sapevo che dovevo muovermi in fretta e visto che ero già stato praticamente condannato a morte non avrei avuto problemi a fare fuori delle persone da-to che ormai la mia vita era già bella che rovinata.

La notte stessa decisi che a costo di venire fucilato sarei uscito fuori. Iniziai a bussare molto forte sulla porta blindata con colpi intermittenti come un battito cardiaco. All'inizio non si presentò nessuno, poi riprovai e da lontano incominciai a sentire i passi di qualcuno. Io mi misi sul letto, sdraiato, fingendo di sentirmi male. La porta venne aperta e c'era la solita guardia con un medico. Fingevo dei dolori allo stomaco, così il medico disse alla guardia di aspettarlo fuori e poi si avvicinò a me per vedere se effettivamente stavo male. Appena si avvicinò, con un movimento gli ruppi l'osso del collo, ma per non destare sospetti, continuai a fingere di lamentarmi in caso alla guardia fosse venuta voglia di controllare. Il medico, in una tasca del camice, portava una sorta di coltellino, probabilmente un bisturi, così lo presi e mi allontanai dalla stanza per sistemare la guardia che fortunatamente stava venendo verso di me e appena prima di svoltare il corridoio me la ritrovai davanti e in un colpo secco gli tagliai la gola. Cadde a terra e io senza fare un fiato la trascinai vicino al medico, presi i vestiti della guardia e ovviamente le armi, tra le quali c'era anche una stun gun. Presi anche quella visto che la pistola non era silenziata e far scattare l'allarme era uno dei miei ultimi pensieri. Chiusi la porta alle mie spalle e iniziai a percorrere piano piano il corridoio. Non passava quasi nessuno a parte qualche guardia che comunque non riuscì a riconoscermi in faccia perché tenevo lo sguardo basso. Iniziai a camminare molto velocemente in un corridoio, a destra c'erano delle scale, le presi e salii per due piani e mi fermai quando vidi che sopra a una delle porte del pianerottolo c'era scritto 'sala delle prove'. La mia voglia di uscire era tanta ma anche la curiosità di sapere cosa avevano raccolto e scritto su di me, così entrai. Ci riuscii molto facilmente perché la guardia nella divisa aveva anche un mazzo di chiavi e in questo mazzo c'era anche la chiave per questa stanza. Non accesi la luce perché era troppo pericoloso ma erano ben visibile le lettere scritte sopra gli scaffali grazie alla luce che c'era di fuori, così andai alla lettera 'J' ma non trovai il mio nome. Decisi di provare con la lettera 'W' ma mentre andavo a cercarla sentì una guardia che si era fermata alla porta. Mi precipitai dietro ad uno scaffale e tirai fuori la stun gun, in modo da stordirla se si fosse accorta di me. La guardia aprì completamente la porta per controllare ma non mi vide, perché io ero nascosto al buio e dopo essersi assicurata che non c'era niente di strano la richiuse. Mi prese un tonfo al cuore e sentivo l'adrenalina che scoppiava nelle mie vene, non ero abituato a quel tipo di pressione. Dopo essermi calmato andai di nuovo verso la lettera 'W' e lì trovai finalmente il mio nome con i miei file. In quel primo momento lessi solo i titoli, c'era scritto 'Diagnosi del paziente', 'Omicidio di un ragazzo scomparso da anni'… non ci pensai due volte a portarmi dietro tutto per poi rileggere quei file in un secondo momento. Uscii molto lentamente da quella stanza e percorsi ancora altre due rampe di scale per ritrovarmi in un parcheggio dove c'erano molte macchine tra cui anche il furgone blindato con il quale mi erano venuti a prendere. Scelsi una macchina non troppo vistosa né troppo vecchia, una macchina comune quindi, di quelle che se ne trovano migliaia in giro. La presi ma non mi accorsi che dietro di me stava arrivando una guardia che mi vide e mi chiamò:

<< Ehi! Tu! Chi sei?>>

Il cartellino riportava il nome di 'Alex Vaughn', così mi girai e sorridendo dissi:

<< Alex Vaughn, signore...>>

<< Impossibile conosco Alex, è un mio amico. Tu chi sei? E perché porti la sua divisa? >>

Si alterò molto così posai la cartella dei file sul cofano dell'auto e andai da quell'uomo, mi avvicinai quel tanto da farmi riconosce, gli andai vicino al viso e gli dissi:

<< Non ti conviene alzare la voce con me! Puoi rimanerne altamente ferito>>

Tirò fuori la pistola, io alzai le mani in alto e appena cercò di prendere la trasmittente per chiedere rinforzi gli tagliai la gola di netto con uno scatto fulmineo. Il sangue schizzò ovunque e mi macchiai tutto e dovetti per forza ricambiare divisa. Fatto ciò improvvisamente scattò l'allarme e mi venne quasi un colpo perché si stavano chiudendo le porte dell'uscita del parcheggio e così mi affrettai verso la macchina. Presi i file, la accesi e provai a scappare, ma invano perché c'erano già una dozzina di guardie con il fucile puntato. Scesi dalla macchina con le mani in alto e mi feci di nuovo mettere quelle manette. Mi riportarono nella stanza da dove ero fuggito e tre guardie, approfittandone del fatto che ero legato, mi riempirono di botte, mi fecero sputare sangue e mi fecero talmente tanto male che dopo un po' svenni.

Dopo essere rinvenuto mi accorsi che avevo la camicia di forza e non riuscivo a muovermi affatto, in più mi avevano lasciato per terra dove faceva un freddo cane. Mi faceva male tutto, anche aprire la bocca... mi avevano davvero pestato a morte. Mi misi supino per poter respirare meglio, quella camicia era davvero fastidiosa, soprattutto se prima vieni pestato come una pignatta. Volevo urlare per chiamare qualcuno ma non ne avevo le forze. Ad un certo punto ricomparve il me che non vedevo da tanto tempo, si avvicinò sempre con quell'aria sorridente, si chinò e mi chiese:

<< Allora, hai capito alla fine?>>

<< Cosa dovrei capire?>> risposi.

<< Ma proprio non ce la fai o fai finta di capire?>>

Mi rifiutai di parlare, ma lui lo capì e come se non bastasse dopo tutto quello che mi era successo si mise in ginocchio sul mio petto. Sembrava un essere magrolino, ma quando si mise sopra di me sentii un peso quasi dieci volte superiore al mio, riuscivo a malapena a respirare e mentre io stavo per terra agonizzante per il dolore e il peso lui, sempre sorridendo, mi disse:

<< Hai finalmente capito? Tutto quello che stanno raccogliendo, scrivendo e registrando su di te è perché tu tutte quelle cose le hai compiute ma non te lo ricordi, perciò sono venuto io in tuo soccorso ad aiutarti a ricordare!>>

Poi sparì e io ripresi finalmente a respirare. Dopo una buona mezz'ora aprirono la porta della stanza, mi misero su una barella e mi portarono in una sala dove mi fecero sedere e mi legarono le caviglie alla sedia. Dopo un po' arrivò il solito dottore dell'altra volta, stava dall'altra parte del tavolo, prese una cartella, una penna e poi mi guardò con aria preoccupata.

<< Tutto bene signor Wayne?>>

<< No, non va tutto bene>>

<< E come mai non va bene? Crede che quello che fece tre giorni fa era sbagliato?>>

<< Tre giorni? Sono passati tre giorni?>>

<< Be' sì. Non si ricorda?>>

<< No.>>

<< Capisco. Senta ha qualche domanda da pormi? Dei dubbi, magari?>>

<< Sì...>>

<< A bene e sentiamo.>>

<< Vorrei sapere il motivo per cui mi tenete rinchiuso qui, il perché scrivete e avete tanti file su di me... Perché non mi lasciate andare? >>

<< Be' signor Wayne il motivo per cui nessuno di noi non la lascia andare dovrebbe saperlo e i file sono come dei documenti che attestano ciò che viene fatto e detto qui dentro. Cosa vorrebbe sapere in particolare?>>

<< Tutto>>

<< Credo che questo sia impossibile, signor Wayne sia più preciso>>

<< Vorrei sapere il perché...>>

<< Cosa perché? Perché non ricorda oppure perché l'ha fatto?>>

<< Tutto>>

<< Be' sarò molto chiaro con lei. Lei non ricorda perché e, da come ci ha raccontato, ha subito un forte trauma, una caduta dal primo piano che l'ha messa K.O per un pomeriggio. Questo però non spiega il cambiamento di personalità, probabilmente con la caduta si sono lesionate le parti del cervello che controllano il comportamento e quindi si è 'trasformato' da, devo dire un ottimo per quanto terrificante serial killer a un cittadino modello. Per quanto riguarda il perché fece determinate cose be'... questo lo può sapere solo lei signor Wayne.>>

<< La caduta e la perdita di memoria comportano anche altri fattori o sintomi?>>

<< Be' in teoria è probabile ed è anche per quello che l'hanno presa, era nel pieno di un'allucinazione, quindi lei oltre alle allucinazioni dovrebbe avere anche degli sbalzi d'umore, crisi e a volte anche momenti in cui

potrebbe parlare da solo. Ha mai avuto questi sintomi?>>

<< No>>

<< Bene, allora possiamo dire che i suoi dubbi sono stati colmati. In ogni caso signor Wayne, le sconsiglio vivamente di scappare di nuovo perché nonostante lei sia un caso davvero unico clinicamente parlando, non penso che i giudici tollererebbero un atto simile una seconda volta e quindi io non posso più fermare sentenze di pene di morte per studiarla. Segua il mio consiglio signor Wayne, ovviamente se tiene alla sua vita.>>

Oramai tutti i miei dubbi erano stati colmati e mi sentivo distrutto... per tutto questo tempo avevo dato la caccia al me stesso che fui un tempo e molto probabilmente ogni volta che lo vedevo era solo nella mia testa, come una grande menzogna. Non avevo più niente da perdere, non mi importava se vivevo o morivo... pensai che anche se avevo poco da vivere, di certo non l'avrei voluto passare là dentro, così iniziai a fare il bravo e ad obbedire ad ogni ordine. Mi riportarono nella mia cella, dove passai lì altre ben due settimane, facendomi studiare, analizzare, capire e quanto ci fosse di più invasivo per una mente come la mia. Dopo un po' pensarono veramente che io fossi cambiato e così da una cella di isolamento mi portarono in una cella dove ero comunque da solo, ma vicino a me c'erano altre persone. Le facce non erano amichevoli, anzi non avevano un bellissimo aspetto, nessuno di loro, ma ogni tanto mi piaceva mettere il viso tra le sbarre, non solo perché queste erano dannatamente fredde ma perché vedevo qualcosa di diverso. Dopo un'altra settimana misero nella cella con me un tizio nuovo: non aveva quell'aria inquietante che avevano tutti là dentro, anzi aveva l'aria piuttosto allegra. Qualcuno qua dentro direbbe che aveva l'aria di uno 'schizzato' ma a me piaceva il suo viso, mi era simpatico. Mi guardò a testa bassa e sorridendo e ridacchiando mi chiese:

<< Stai pensando anche tu che io sia schizzato?>>

<< Sì, ma io almeno lo trovo divertente>> e mi misi sdraiato sul letto.

<< Allora diventiamo amici?>>

<< Assolutamente no schizoide, puoi ridere, scherzare, giocare, anche masturbarti se vuoi ma non ti azzardare a fare queste cose vicino o insieme a me!>>

<< Siamo compagni di cella, dove vuoi che le faccia?>>

<< Anche tu hai ragione... santo cielo uno schizzato che ragiona; ma come è messo questo mondo?>>

<< E lo chiedi a me? Io sono solo un pazzo...>>

<< No, tu non sei un pazzo... tu riesci solo a cavare un ragno dal buco quando questi vecchi bavosi stanno fermi a guardare dall'alto un disastro.>>

<< Allora siamo amici?>>

Mi girai verso di lui rapidamente, spalancai gli occhi e gli urlai un 'no' secco. Nonostante la sua schizofrenia, ragionava in maniera logica, una cosa da non poco... ma sinceramente non mi interessava, io avrei continuato comunque a fare il bravo e di lì a poco mi avrebbero lasciato andare, o così almeno speravo. Con il passare dei giorni, cominciai ad annoiarmi e quindi iniziai a parlare col mio nuovo compagno di cella. Non era male, vedeva sempre il bicchiere mezzo pieno; non era cattivo, anzi nei suoi occhi potevo carpire una profonda ingenuità e innocenza riguardo tutto quello che faceva o che pensava, ma nonostante tutto non voleva dirmi il perché l'avevano rinchiuso qui in questo carcere psichiatrico con me, eppure sembrava così ingenuo... "ci sono tante ingiustizie nel mondo" pensai e mi misi l'anima in pace.

Un giorno, di ritorno da un solito colloquio con lo psichiatra, mi si mise vicino e mi chiese molto tranquillamente del perché io fossi qui. Una domanda normale viste le circostanze, ma ad un certo punto mi fece un'altra domanda strana che era relativamente normale, ma non sembrava farina del suo sacco e sempre con lo sguardo fisso verso l'alto mi chiese:

<< Perché hai fatto quello che hai fatto?>>

Si accorse che io rimasi quasi attonito da quella domanda e aggiunse subito:

<< Rilassati era solo una domanda>>

Io non mi rilassai affatto e gli chiesi:

<< Perché me lo chiedi?>>

E lui molto tranquillamente mi rispose:

<< Perché volevo solo fare conversazione, non mi interessa poi più di tanto la tua vita anche perché la mia è già bella che rovinata. Ma dimmi, stai pensando per caso di scappare? >>

E subito dopo formulata quella domanda fece un sorriso a trentadue denti quasi agghiacciante, se non fosse per il suo sorriso sdentato. Comunque gli risposi che non erano affari suoi perché io non volevo nessuno che si mettesse in mezzo, anche se lui da quella risposta aveva già capito quali erano le mie intenzioni… e non vedo come non potrebbero essere differenti visto che ancora mi tenevano rinchiuso lì. Mi ero stancato di fare il bravo cittadino, la mia vita era rovinata, in più c'era la sentenza di morte e nonostante quel pazzoide del mio psichiatra abbia lottato per non farmela avere e abbia studiato il mio modo di ragionare, l'avevano comunque prefissata. Avevo solo un mese di vita lì dentro e se provavo a scappare anche di meno, ma se ci fossi riuscito ne avrei avuti molti di più, sempre se avessi avuto fortuna ovviamente.

Passarono i giorni e non cambiò nulla tranne che si avvicinava sempre di più il giorno in cui mi avrebbero giustiziato. Non feci nulla: non progettai niente... mi sentivo vuoto e sinceramente non mi andava di lottare ancora, eppure una vocina dentro di me mi suggeriva di scappare e tentando io ce l'avrei fatta. Visti però i risultati, non le diedi ascolto più di tanto. Poi arrivò il giorno prestabilito, il giorno in cui tutte le mie colpe sarebbero state assolte e il mio corpo 'purificato', ma stranamente non mi chiamarono di prima mattina, anzi una guardia passò a darmi anche il buongiorno. Io rimasi esterrefatto da ciò, così iniziai a fare casino e dissi al mio compagno di cella di urlare. Lui si rifiutò, così gli diedi uno spintone che lo fece crollare giù dove c'erano i letti. Nonostante il suo rifiuto io mi attaccai alle sbarre e iniziai a urlare come un forsennato, volevo avere quanta più gente possibile sotto i miei occhi. Arrivarono quattro guardie che mi fecero staccare subito dalle sbarre e con un tono abbastanza alterato mi chiesero che avevo da urlare così tanto. Io mi atteggiai come una primadonna tanto per prenderli in giro e gli chiesi:

<< Perché non mi fate fuori oggi? Cos'è non vi interessano più le persone come me?>>

Mi dissero che comunque non erano affari miei saperlo dato che in ogni caso l'atto ci sarebbe stato e che non dovevo preoccuparmene. Io aggiunsi:

<< Uhm…Che palle! Non si può nemmeno domandare qui dentro! In fin dei conti, sono io l'interessato, è per me la cerimonia giusto?>> e gli risi in faccia.

Ma a loro non piacque tanto la mia reazione e quindi mi presero e mi spinsero di nuovo dentro quella cella. Il mio compagno di cella non la smetteva di lamentarsi sul perché io l'avessi spinto, fortunatamente riuscii a zittirlo con una piccola minaccia. Aspettai con ansia il momento della mia chiamata, e proprio quando meno me l'aspettavo mi chiamarono. Pensai subito "di notte?". Mi alzai, mi feci mettere le manette e non opposi resistenza, anche perché erano in due e le possibilità di riuscita erano poche soprattutto a distanze così ravvicinate. Mi fecero attraversare tutto il corridoio dove c'erano gli altri detenuti incarcerati fino a una grande porta al di là della quale c'era una serie di porte che vennero aperte dalle guardie che mi accompagnarono e infine arrivai. Era una porta grigia che difficilmente si vedeva perché aveva lo stesso colore della parete, mi metteva tristezza... povera porta, non si poteva distinguere... Arrivò una terza guardia che mi si mise davanti, prese le chiavi e le infilò dentro le manette. A quel punto, quando sentii la chiave infilata dentro le manette presi un bel respiro e di colpo feci uno scatto per passare dietro alla guardia che mi stava liberando e usai la catenella per soffocarlo. Le altre due guardie mi puntarono le loro pistole contro ma io molto tranquillamente e con aria quasi contenta dissi:

<< Provateci! Tanto ammazzate prima lui!>> e mi venne una risatina.

Mi intimarono di fermarmi ma oramai la frittata l'avevo fatta, così mi portai via piano piano quella guardia che avevo sequestrato, poveretto tremava come una foglia mentre io gli sghignazzavo dietro e probabilmente da come si comportava era sicuramente uno alle prime armi. Riuscii a svignarmela passando in uno strano corridoio con delle scale e lì nel pianerottolo presi il collo del poveretto e glielo spezzai. Mi tolsi definitivamente le manette, presi la pistola e iniziai a cercare una via di fuga. Stavo correndo come un matto a più non posso quando una guardia con un fucile a pallettoni mi ferma e urla:

<< L'ho trovato!>>, ma purtroppo non fece in tempo perché nel voltarsi per urlare ai suoi amici io gli feci saltare la testa con un colpo e continuai la mia fuga. Ora avevo anche un fucile a pallettoni, girai l'angolo e trovai altre scale, "maledettissime scale" pensai poi una guardia mi sbucò davanti e ancora una volta non esitai a premere il grilletto. Quella cadde a terra come un fantoccio di pezza e continuai a correre fino a che la porta in uno dei piane-rottoli si aprì e di colpo venni placcato sbattendo il fianco sullo spigolo del-la ringhiera. Cademmo tutti e due e poco dopo ci trovammo a lottare per terra, ma purtroppo per lui vinsi ancora io e lui rimase a terra con il sapore del piombo in bocca. Decisi di smettere di scendere le scale, anche perché non volevo

ritrovarmi nella stessa situazione dell'altra volta nel parcheggio, così questa volta presi solo la pistola e mi diressi al primo piano dove c'erano due guardie pronte a spararmi addosso, cosa che fecero visto che appena aprii la porta mi colpirono sull'altro fianco, quello che non mi faceva male. Fortunatamente il proiettile mi sfiorò solo, ma era comunque una bella cicatrice e sanguinava, sanguinava parecchio. Nonostante tutto io continuai a correre e loro continuarono a spararmi addosso non prendendomi, così una decise di corrermi incontro e fece un errore grave perché lo uccisi e poi mi buttai dalla finestra. La caduta fu dura e rimasi lì per una decina di secondi, fermo e dolorante ma altre guardie si affacciarono e incominciarono a spararmi contro. Fortunatamente però nel buio della notte riuscii a scappare, nascondendomi tra cespugli, alberi e oscurità. Continuavo a correre senza mai guardarmi indietro, sentivo solo il rumore delle guardie che urlavano e che coordinavano le ricerche. Fortunatamente era molto buio e io riuscii a non farmi vedere; dopo qualche ora mi accorsi che avevano smesso di cercare e finalmente mi accasciai sul tronco di un albero e mi riposai.

Capitolo VI

Il mattino seguente mi risvegliai ancora dolorante, con il mal di testa e la maglietta sporca di sangue; feci fatica a rialzarmi ma dovevo comunque andarmene da lì prima che le guardie tornassero a cercarmi. Mentre camminavo, mi guardavo intorno e sentivo come se in questo posto ci fossi già stato. Questo non era rilevante: quello che importava era far perdere definitivamente le mie tracce e trovare al più presto un posto dove rifocillarmi. Dopo qualche ora di cammino trovai un fiume dove riuscii a lavarmi e a pulire quasi perfettamente la maglia che avevo addosso. In ogni caso avrei dovuto procurarmi anche dei nuovi vestiti ma per adesso dovevo pensare a sopravvivere e a non farmi trovare. Lungo il percorso capii che la foresta in cui stavo camminando era la stessa dalla quale sono sempre scappato, ma a vederla ora non mi fece neanche più tanto paura, probabilmente perché ora non avevo più niente da perdere o perlomeno sapevo che tutto quello che avevo fatto e farò in futuro dipendeva solo da me. Camminai senza sosta senza trovare né un animale con cui sfamarmi né una strada battuta che portasse da qualche parte, solo foresta e, a quanto pareva, anche incontaminata prima che arrivassi io. Dovevo trovare assolutamente qualcosa da mangiare perché sicuramente senza di esso mi sarei indebolito molto e non sarei potuto andare avanti. Il caso volle che lungo questa distesa di foglie, rami, alberi e cespugli trovai delle bacche e le mangiai, anche se non sapevo se fossero commestibili o no, era un'occasione e io la presi al volo.

All'inizio stavo bene, anzi avevo una preoccupazione in meno a cui pensare, ma dopo un po' di tempo iniziai a sentirmi male e molto probabilmente erano i frutti che avevo mangiato prima. Cercai a stento di andare avanti ma purtroppo dovetti fermarmi e riposare di nuovo. Il dolore continuò per una buona mezz'ora poi piano piano sparì. Rimasi lì ancora un bel po' di tempo per riprendermi del tutto e mi avviai ancora. Quando le mie speranze cominciarono a sparire, finalmente trovai una strada battuta, non mi importava dove portasse, mi importava solo che mi avrebbe condotto da qualche parte. Incominciai a percorrerla andando verso sud e dopo qualche ora cominciai ad udire degli schiamazzi, delle risate e dei borbottii, segno che poco più avanti avrei trovato delle persone. Feci un bel respiro e mi diressi verso gli schiamazzi. Ci vollero un paio d'ore per trovarli e oramai era anche tardo pomeriggio e quindi se volevo ottenere dei risultati dovevo sbrigarmi. Arrivato lì mi trovai di fronte ad un accampamento da campeggio e le tre tende montate mi fecero pensare che potevano essere minimo due famiglie, se non tre coppie, ma le macchine erano due: una era una familiare molto grande a cinque porte, invece l'altra era una macchina a tre porte. Erano tutti presi a rifare i loro bagagli per poi tornarsene chissà dove e non volevo attaccarli di forza ma quelle cose a me servivano molto più che a loro e quindi mi misi l'anima in pace e decisi che con le buone o con le cattive io gliele avrei prese. Era passata una buona mezz'ora ed ero ancora disteso in terra tra un cespuglio e un albero ad osservarli: erano felici, ridevano, facevano battute e tutte quelle emozioni a me davano molto fastidio, perché io non ho mai provato affetto per qualcuno e i miei genitori neanche me li ricordo...

Alla fine i primi che erano pronti erano le persone che avevano la macchina più piccola: era una coppia, avranno avuto trent'anni per uno e forse qualcosa di meno per la femmina, si salutarono e poi andarono via. Non ci mise molto anche l'altra famigliola a prepararsi e a partire, con l'unica differenza che loro erano tre. Io piano piano facendo il passo del soldato mi avvicinai alla loro macchina e misi nel tubo della marmitta un grande sasso che avrebbe dovuto bloccare la fuoriuscita dei gas. Fortunatamente non mi videro così tornai indietro e aspettai... presero le ultime cose e salirono in macchina, la accesero e la macchina incominciò a fare uno strano rumore. Il tizio che guidava scese di nuovo per controllare cosa non andasse e all'inizio pensai che se gli avessi sparato un colpo in testa avrei risolto la situazione, ma poi mi resi conto che questa opzione era da scartare perché anche se gli altri si sarebbero messi a urlare di certo sarebbero scappati, quindi aspettai accucciato e quando il tizio tolse il sasso dalla macchina io mi avvicinai e provando a non farmi sentire entrai nel loro bagagliaio e la macchina partì subito dopo. Era molto stretto là dentro e nonostante avessero caricato tutto sul tetto e, nel bagagliaio avessero lasciato solo una borsa era comunque scomodo perché dal di fuori sembrava molto più capiente.

Il viaggio durò un bel po', probabilmente era sera e quando la macchina si fermò sentii dire: << Ah finalmente arrivati!>> e io pensai "e ora?" ma poi mi accorsi che tra il trambusto e la contentezza si erano dimenticati della borsa nel bagagliaio e andarono felicemente tutti dentro casa. Dopo un po' non li sentii più e immaginai che si erano scordati della borsa, ma dopo qualche ora sentii qualcuno avvicinarsi a me e aprire il bagagliaio. Presi la pistola che tenevo vicino a me e quando aprirono la puntai subito in faccia all'uomo facendogli cenno con un dito di fare silenzio. L'uomo di colpo sbiancò, iniziò a sudare e anche un po' a tremare; non volevo fargli del male, ma se avesse fatto qualcosa di strano o che mi avrebbe messo in pericolo, non avrei esitato ad ucciderlo a sangue freddo. Senza girarmi gli diedi la borsa e gli dissi sussurrando:

<< Aprila>>

Lui la aprì senza protestare, poi gli sussurrai ancora:

<< Dammi dei vestiti puliti e non ti succederà nulla>>

Me li diede, io lo ringraziai per la collaborazione ma ad un certo punto sentii una voce femminile che urlò:

<< Amore ma che stai facendo là fuori?>>

Io gli intimai di rispondere senza farsi scoprire, ma purtroppo l'emozione gioca brutti scherzi e tutto tremolante rispose:

<< Niente cara… mi godo il paesaggio>>

<< Sicuro? Mi sembri strano!>>

Lo guardai fisso negli occhi e gli intimai solo di rispondere 'sì' e così fece. Dopo, lo ringraziai, poi gli tolsi la pistola dalla testa e me ne andai verso il bosco correndo in fretta e furia. Correndo mi accorsi che la zona dove ero si trovava vicinissima al bosco e quindi tra me e me mi chiesi come mai quella macchina ci mise tanto per tornare, eppure era quasi notte fonda e pensai che probabilmente si erano accampati molto lontano proprio per sfuggire alla città. Finalmente dopo un'altra ora di fuga mi cambiai e lasciai i panni sporchi dentro un cespuglio, in modo da non farli trovare così facilmente. Ero stanco e avevo bisogno di dormire e l'idea che quel tizio avrebbe o meno chiamato la polizia non mi sfiorò nemmeno, visto che gli avevo preso solo un paio di pantaloni e un maglione e poi comunque anche se l'avesse fatto non mi sarebbe importato dato che già ero ricercato di mio.

Passai la notte sotto un albero, tra il freddo e il vento che tirava quella notte. Mentre aspettavo di addormentarmi perdevo tempo guardando ogni singolo dettaglio di quel bosco e più lo guardavo più mi sembrava di stare in una bolla protettiva, come se tutto ciò che ci fosse di cattivo venisse allontanato dal bosco, però purtroppo sapevo che quella tranquillità non sarebbe durata a lungo.

Il giorno dopo decisi di tornare in città, ma non avendo più a disposizione né la macchina né la moto, mi ricordai che appena fuori all'entrata di questo bosco c'erano delle fermate per i mezzi pubblici e così mi incamminai per raggiungerle. Non ci volle molto e il clima della giornata mi facilitava anche il percorso visto che era completamente soleggiato. Arrivato alla fermata, aspettai un bel po' prima che l'autobus arrivasse, poi quando arrivò ci salii sopra e mi sedetti agli ultimi posti. Guardavo dal vetro la vita di tutti i giorni e rimasi affascinato da così tanta semplicità della vita di quei cittadini e mi venne quasi da sorridere per la calma e la quiete che trasmettevano quelle persone. Dopo che l'autobus fece un po' di fermate scesi e iniziai a camminare a testa bassa per le strade, entrai in un supermercato, iniziai a fare un giro giusto per non dare nell'occhio. Passai prima nel reparto vini, poi da quello della carne e dando un'occhiata in giro, mi accorsi che stavano vendendo dei passamontagna, probabilmente per il freddo, così ne indossai uno e mi diressi con passo svelto ad una delle postazioni per i cassieri incustodita. Diedi un colpo fortissimo alla cassa, facendo aprire lo scomparto e poi presi tutto quello che c'era dentro e scappai. Parecchia gente mi urlò e mi corse dietro, ma non riuscirono a prendermi perché nella fuga sparai un colpo di pistola in aria. Fu un azzardo, ma riuscii comunque a togliermeli di torno e a scappare. Mi infilai in un corridoio tra due palazzi che poi scoprii essere un vicolo cieco e iniziai a contare quanto ero riuscito a prendere, con una velocità che sembravo essere un ragazzino che aveva paura di essere scoperto. Dopo un po' nel vicolo calò improvvisamente la temperatura e capii di non essere solo, nonostante avessi seminato le persone del supermercato. Diedi un'altra occhiata per vedere se qualcuno mi aveva raggiunto ma non c'era nessuno, mi girai e mi ritrovai di nuovo faccia a faccia con quell'essere uguale a me, sempre sorridente e sempre con quegli occhi che ti fissano costantemente. Fece tre passi indietro e poi con superficialità mi chiese:

<< Dagli omicidi sei passato alle rapine? Come sei caduto in basso!>>

<< Cosa vuoi ancora da me?>>

<< Nulla, mi sto godendo piano piano il tuo declino>>

<< Ma cosa vuoi? E poi che parlo a fare con te? Sei solo un'allucinazione!>>

<< E tu veramente credi ad uno strizzacervelli? Non farti illudere, sei già caduto così in basso e farsi prendere per i fondelli in questo modo è anche troppo, vecchio mio>>

<< E quindi, secondo te che dovrei fare? Sentiamo!>>

<< Nulla, penso a tutto io, sta tranquillo>>

Dopo quella frase svanì come al solito, lasciandomi da solo con un dubbio, ovvero se quello che mi dissero quando mi trovavo in quel penitenziario era la verità o se fosse stato solo un trucco per farmi stare buono.

Ci misi un po' a riprendermi e quando finalmente ci riuscii, continuai a contare i soldi che avevo preso da quel supermercato: erano quasi cinque-cento dollari, non era molto ma per adesso potevano andare bene. Mentre tornavo a camminare per le strade della città, facevo attenzione a rimanere sempre in periferia, perché in quelle zone di TaineBrooks girava sempre meno gente rispetto al centro, almeno questo è quello che ho imparato da quando la frequento. In fondo alla via, oltre ai vari negozi c'era un motel molto diroccato e non tanto grande, avrà avuto una cinquantina di stanze non di più. Entrai e chiesi al proprietario quanto costava affittare una camera e lui mi rispose che il prezzo di listino era quaranta dollari a notte. Io accettai, gli diedi il totale per cinque notti, lui mi diede la chiave e io andai subito in camera. Appena arrivato aprii il mini frigo per vedere se c'era qualcosa da mangiare, ma purtroppo per me era vuoto. Così uscii e mi diressi di nuovo dal proprietario chiedendogli dove avrei potuto trovare una tavola calda. Lui mi disse che l'avrei trovata appena dietro l'angolo e che se avessi detto loro che alloggiavo qui mi avrebbero fatto anche uno sconto. Io lo ringraziai e mi diressi verso la tavola calda. Appena entrato trovai un ambiente molto tranquillo, anche se pieno di gente: tutti lì sembravano farsi gli affari loro. Mi sedetti come al solito a uno dei posti più in fondo e quando la cameriera mi si avvicinò ordinai così tanta roba da far spalancare gli occhi alla poveretta. Mentre mangiavo vedevo gironzolare delle guardie e la cosa non mi fece un gran che piacere ma ero comunque tranquillo perché ero coperto dal muro del locale. Dopo quasi un'ora finii di mangiare, andai alla cassa dicendo che alloggiavo al motel qui vicino e, come detto dal proprietario, la cassiera mi fece uno sconto. Tornai al motel e rimasi in quella stanza a riposare per tre giorni consecutivi tant'è che il proprietario al quarto giorno venne a bussare per vedere se stavo bene.

Il pomeriggio di quel giorno mi venne l'idea di controllare il mio vecchio appartamento, tanto per sapere come era messo. Così presi i mezzi pubblici e dopo aver camminato per un po' arrivai davanti al mio portone, sembrava non esserci nessun segnale della polizia o altro, così presi un sasso, lo lanciai e entrai dalla finestra. Appena entrato trovai quasi tutto come l'ultima volta… entrare là dentro mi mise una rabbia che neanche io riuscivo a spiegarmi, probabilmente avevo fatto la scelta sbagliata a tornare in città. Dopo un po' sentii bussare alla porta, mi ghiacciai in un attimo e come un fulmine mi misi con la pistola pronta nell'angolo cottura. Chi stava bussando alla mia porta era una guardia che probabilmente aveva notato la finestra rotta; dopo un po' smise di bussare e anche lui entrò dalla finestra. Appena si girò verso di me gli puntai la pistola in faccia e lui con gli occhi spalancati rimase di ghiaccio. Gli feci cenno di seguirmi per non farci vedere al di fuori delle finestre, lo feci sedere sul divano, gli feci levare la pistola dalla fondina e cominciai a fargli domande:

<< Allora, tu chi sei?>>

<< Sono un'agente di polizia, è il mio primo giorno di lavoro>>

<< Uhm il primo giorno? Che sfortuna ragazzo... facciamo così, ti lascio vivere se mi dici quello che sai su di me e cosa stanno facendo i tuoi amici poliziotti per prendermi>>

<< Be', so quello che sanno tutti, sei diventato famoso dopo la tua fuga dal penitenziario>>

<< Wow, sono diventato anche una star ora. Farò qualche altro casino e mi chiederanno l'autografo tra un po'...>>

<< E poi ti cercano dappertutto... ti hanno classificato come un criminale instabile anche se qua non abbiamo trovato nulla che riconducesse ai tuoi crimini compiuti in precedenza>>

<< Be' meglio no? Adesso ti dico una cosa, sai perché non avete trovato nulla qui? Perché negli ultimi 23 anni ho vissuto in un'altra città! >>

Dopo avergli detto quel piccolo segreto, gli sparai in faccia. "Che sfortuna" pensai. In ogni caso mi servivano più proiettili e visto che al ragazzo non servivano più, presi la sua pistola d'ordinanza e me ne ritornai tranquillamente al motel. Sicuro che nessuno mi avesse seguito, ritornai nella mia camera e trovai quell'essere ad aspettarmi in piedi e appena chiusi la porta mi disse:

<< Ah che bella scena... Che c'è? La strigliata di prima ha fatto effetto forse?>>

<< Lasciami in pace>>

<< Ricordi? Non posso perché io sono te e tra l'altro mi fa piacere che tu stia tornando quello di un tempo. Mi fa sentire migliore>>

<< È diverso ora>>

<< E perché mai sarebbe diverso scusami? >>

<< Si chiama sopravvivenza>>

<< E quando lo facevi tempo fa era solo vendetta, giusto?>>

<< Esatto>>

<< Certo… e non è la stessa cosa?>>

<< No!>>

<< Come vuoi tu… In ogni caso fai attenzione a uscire o almeno cambia città di nuovo, sarebbe imbarazzante farti beccare nello stesso posto due volte>>

Poi sparì. Pensai che non aveva poi così torto a dirmi di cambiare città ma non lo volli ascoltare, pensai che comunque io ero nuovo di questa città e solo la polizia conosce il mio volto quindi in ogni caso sarei stato comunque al sicuro.

I giorni in affitto al motel stavano per finire e il quinto giorno il proprietario venne da me a dirmi che il giorno dopo sarei dovuto andare via. Io gli dissi che non c'erano problemi e che per la mattina presto sarei già stato fuori. Quando il proprietario se ne andò mi misi a lavare i panni perché visto che per un po' non avrei avuto un tetto sulla testa almeno sarei rimasto pulito e profumato. Fatto ciò mentre aspettavo che si asciugassero, mi misi a dormire visto che ero parecchio stanco.

La sera mi misi a girare per la periferia e stranamente, dato che erano praticamente le nove di sera, trovai un negozio di abiti aperto. Mi rimanevano un po' di soldi; decisi di fare compere e presi una felpa con cappuccio e dei pantaloni molto larghi, pagai e li indossai subito, almeno avrei avuto il volto un po' riparato dal cappuccio e questo mi faceva sentire un po' più tranquillo. Ritornai alla tavola calda per cenare e con quei pochi soldi che mi rimanevano riuscii a rifocillarmi abbondantemente. Finito di mangiare, ringraziai la cameriera del servizio e le dissi che era una delle cameriere più brave e cordiali che avevo mai conosciuto; la cameriera al sentire quelle parole arrossì e ringraziò. Dopo questa sviolinata andai alla cassa a pagare e in quel momento entrò il commissario Lanchester con un altro agente. Spalancai gli occhi ma non mi feci prendere dal panico, abbassai lo sguardo e mi misi il cappuccio. Il commissario salutò prima la cassiera, poi salutò me con un 'salve' e fortunatamente non mi riconobbe subito. Accelerai il passo per uscire da lì dentro, poi però mi incuriosì il perché due agenti di polizia erano entrati in una tavola calda essendo in servizio e pensai che fossero in pausa, ma tornai indietro per origliare e mi misi seduto ad uno dei primi posti e anche se ero lontano, la voce del commissario si sentiva bene e riuscii a sentire tutto:

<< Buona sera signorina, senta volevo sapere se conosce questo tizio>>

Io mi girai e vidi il commissario porgere una foto alla cassiera che rispose:

<< No mi dispiace>>

<< Uhm, ne è sicura? Si chiama John Percival Wayne ed è un pericoloso criminale. È alto capelli di media lunghezza, occhi azzurri, allora?>>

<< No mi dispiace, ma poco fa qui c'era un cliente che gli assomigliava moltissimo e forse l'unica differenza è che aveva la barba>>

<< Ah sì? E mi saprebbe dire dov'è andato? >>

Dopo quella domanda vidi la cassiera che mi indicava e in un batter d'occhio apparve lui che mi disse:

<< Scappa!!>>

Io mi alzai come un fulmine e uscii da lì, sentivo dietro il commissario che mi urlava contro, ma non mi fermai perché non volevo farmi prendere. Incominciai a sentire delle sirene mentre correvo e la prima idea che mi venne in testa era di tornarmene nel bosco. "Ci sono riuscito una volta, perché non adesso?" pensai, così mentre la polizia mi correva dietro, io guardavo al bordo della strada per prendere una macchina e tornare in quel bosco che tanto mi fece paura all'inizio ma che poi si trasformò un valido aiuto, se si scappa da qualcosa. Purtroppo la macchina non la trovai, in compenso riuscii a rubare un motorino che stava per essere parcheggiato sul ciglio del marciapiede, ma il proprietario finì sotto a una macchina quando lo spinsi via. "Se solo non avesse cercato di fare resistenza…" pensai.

Oramai mi inseguivano due volanti della polizia, la periferia in quella zona era quasi finita e appena svoltato l'angolo avrei trovato la stradina diroccata che portava al mio nascondiglio naturale. Quando curvai, non pensai che stavo guidando un motorino e non una moto, quindi scivolai per terra facendomi molto male al bacino. Le macchine si fermarono e gli agenti mi intimarono di arrendermi o avrebbero sparato, io feci finta di fermarmi ma poi presi le due pistole che avevo con me e feci fuoco contro gli agenti. Due caddero a terra mentre gli altri cominciarono a spararmi addosso colpendomi alla spalla. Persi una delle due pistole per il dolore e io, arrabbiato, riaprii il fuoco contro di loro e non so se ne presi qualcuno ma non mi importava. Mi addentrai di nuovo nel bosco, buio, freddo e per alcuni aspetti inospitale ma comunque meglio della galera. Sentivo i poliziotti che mi stavano col fiato sul collo e nonostante cercassi di nascondermi e prendere percorsi che sembravano molto difficili da superare, li sentivo sempre più vicini a me e la cosa mi dava un enorme fastidio. Anche se ormai eravamo praticamente nel mezzo del bosco, la polizia non mi dava tregua e ad un certo punto mi fermai dietro a un albero perché ero troppo stanco per poter continuare a correre e in quel momento riapparve lui. Mi guardò e disse:

<< Se vuoi sopravvivere ancora, non aspettare! Corri che più avanti c'è una casa... spero che tu te la ricorderai>>

E poi sparì di nuovo. Ero stufo delle sue apparizioni ma aveva ragione e cosi ripresi a correre. Intanto i poliziotti avevano guadagnato un po' di vantaggio e così sparai altri due colpi verso la loro direzione, ma non servì perché non li presi. Ero davvero stanco. Arrivato finalmente in cima, trovai una casa fatta interamente di legno, entrai e misi la sedia e il tavolo contro la porta per non fare entrare nessuno, mi sedetti per terra vicino ad un letto per riprendere fiato. Dopo un po' sentii che gli agenti erano arrivati e il commissario Lanchester incominciò a urlare le solite frasi da poliziotto:

<< Sappiamo che sei lì dentro Wayne, ormai sei nostro. Siamo in troppi per te, è meglio che ti arrendi, ti faciliti anche le cose.>>

Io feci finta di non sentirlo e andai vicino al camino dove c'era una porta, la varcai, scesi le scale e trovai un'altra stanza un po' più grande con un altro camino di metallo. Ci pensai su e poi realizzai che in quella casa di legno io ci ero già stato, ma poco importava adesso, l'importante era riuscire a sbarazzarmi della polizia. Sentii la porta di sopra venire sfondata e due guardie iniziarono a scendere le scale per venire da me. Appena le vidi gli sparai contro, riuscii a colpire la prima al volto e al corpo, mentre l'altra purtroppo riuscì a colpire me e a levarmi anche la seconda pistola, quella che avevo rubato al poliziotto. La guardia continuò a puntarmi la pistola contro e io in quel momento alzai le mani e mi misi in ginocchio. Si avvicinò a me per mettermi le manette ma non avevo ancora gettato la spugna del tutto, così appena si avvicinò a me, reagii e con tutta la mia forza lo spinsi verso il camino, ci cadde dentro e incominciò a prendere fuoco. Io ripresi la mia pistola e lo uccisi. Sentii il commissario Lanchester gridare:

<< Che succede là dentro? Noi scendiamo! >>

In quel momento riapparve lui e mi disse, sempre sorridente:

<<Andiamo forza, non c'è più niente da fare qui… è finita>>

In quel momento sentii una calma in me che pervase tutto il mio corpo e tutta l'adrenalina e la rabbia che avevo dentro di me sparì. Lui fece apparire una porta con un'entrata ancora più scura, ma le sue parole mi sembravano molto rassicuranti e quindi decisi di fidarmi e di seguirlo. Mentre il commissario scendeva le scale, io mi avvicinavo alla porta con un'incredibile calma interiore. Lui si fermò all'entrata della stanza e mi vide varcare quella porta infernale. Come ultimo ricordo, sentii il commissario che mi urlava dietro "Nooooo!", poi chiusi la porta e non sentii più nulla. Ero entrato dentro una Vergine di Norimberga.

La polizia capitanata dal commissario Lanchester trovò il corpo di John Percival Wayne, già in un avanzato stato di decomposizione, dentro una Vergine di Norimberga, una macchina di tortura medioevale che consiste in una specie di armadio metallico a misura d'uomo e di forma vagamente femminile, più o meno grande a seconda dei casi, pieno di lunghi aculei che penetrano nella carne senza ledere organi vitali. Purtroppo però non si poterono fare indagini a causa dell'enorme incendio avvenuto subito dopo aver tirato fuori il corpo del sospetto.   Quel giorno oltre a Wayne, morirono anche il commissario Lanchester e il suo vice e da allora il caso Wayne, non venne mai più riaperto.

Fine.

Ringraziamenti

Un ringraziamento speciale va a Laura per la cura con la quale ha ordinato i miei pensieri per questo libro; ad Alberto per il giudizio preventivo senza il quale non avrei potuto prenderlo seriamente.